침엽수 테마 수필집

시집가는 개비자나무

글 · 사진 김홍은

정은출판

침엽수 테마 수필집을 펴내며

사람은 세월을 보내며 여절여차如切如磋 여탁여마如琢如磨. 누구나 갈고 닦으며 인생을 살아오지 않았던가.

내 어릴 적에는 눈에 보이는 하늘과 땅, 풀과 나무만 겨우 알고 있었다. 그러나 학교를 다니며 배우고 느끼고 깨우치면서 조금씩 지식이 쌓아졌다. 수목학을 배우며 나무도 저마다 이름이 있고, 수종 나름대로 특징이 있다는 걸 알게 되었다.

나무는 인간이 살아온 인류의 생명과 문화를 발전시켜준 희생물임을 깨달았다. 이런 생각을 하며 산을 오르다 보면 나무의 고마움에 가슴으로 안아보고는 한다.

어느덧 나무와의 대화를 나누며 숲속을 걷다 보면 솔바람 소리, 물소리, 새소리는 은은한 가야금 연주요, 숲의 향기는 괴로운 마음을 안정시켜주는 어머니의 품에 안긴 듯 편안하고, 생활에 지친 몸은 맑은 공기로 정신이 정화되어 활력을 일게 한다. 산림은 사색이며 철학이다. 자연이 들려주는 예술임을 알게 되었다.

어느덧 이순耳順을 지나 종심소욕從心所慾에서 삶을 되돌아본다. 학문을 익히어 명예를 욕심부림도 모두가 쓸데없는 일이나 오직 후학만이 남을 따름이다.

'산시산山是山, 수시산水是水. 산은 산이요 물은 물이다'라고 설파한 성철스님의 그 깨달음은 무엇인가. 이 어찌 산은 산이고 물은 물이던가.

깨달음의 경지가 이러한 것인가.

1980년대까지만도 사람들은 나무의 이름을 잘 몰랐고 관심도 없었다. 자신에게 직접적인 이득함만 신경을 써 왔을 뿐이다. 나는 대학에서 조교 생활을 하면서, 십여 년이 넘게 은사님을 따라다니며 식물채집 기구를 걸머지고 심부름을 하였다. 훗날 배우고 익힌 그 덕에 희귀수종 발견의 희열감은 늘 가슴속에 남아 자신을 부지런하게 일깨워 주었다.

설악산 정상에 눈잣나무를 보려고 희수喜壽의 나이에 대청봉을 오르던 욕심이 부끄럽기만 하였다. 아니 내 은사님도 그러셨다. 울릉도 성인봉에서 50년 전에 발견하셨다던 특산식물 만병초를 다시 채집하러 산수傘壽의 연세에도 나약한 노구老軀의 기력을 다하여 산을 오르시던 학문의 열정에 고개가 숙여졌었다. 그 순간 학자라는 의미가 어떤 것인가를 다시금 깨닫게 되었다. 만병초는 아직도 그 주변에 살아남아 있었다.

성인봉은 예전 그대로이건만, 지난날 식물 채집하던 젊은 청춘은 어디로 가고 노년의 백발만이 바람에 서글프게 흩날리는가. 은사님을 모시고 채집통을 메고 나리분지로 내려오던 지난날이 엊그제만 같은데 어느덧 또 십 년의 세월이 흘렀다. 은사님 영전에 침엽수 테마 수필집을 바치려니 인생의 무상함을 쓸쓸히 느낄 뿐이다.

2021. 10
깊어가는 가을에
저자 김홍은

차례

2부 백송白松

차례

3부 비자나무

4부 침엽수가 부르는 노래

1부

개비자나무

개비자나무는 교목 숲 그늘진 아래에
끼어 욕심 없이 사는 나무다.
쇠음지에서 자랄망정 푸른빛을 잃지 않는다.
그 의연함을 배우고 싶다.

개비자나무

개비자 나무 암꽃-수정 후 1년 된 모습

개비자의 암꽃

개비자의 수꽃

개비자 발아 모습

개비자 생장 모습

●●● 개비자나무 잎을 바라보고 있으면 참빗을 떠올리게 한다. 정갈하게 쪽진머리에 은비녀를 꽂은 여인의 고운 머릿결이 그려진다. 우리 곁에서 점점 잊혀가는 전통의 다소곳한 여인상을 지금은 그 어디서도 찾아보기가 어렵다. 참빗 역시 박물관에나 가야 볼 수 있을 정도다.

억센 듯하면서도 부드럽고, 도도한 듯 수줍어하는 그런 여인의 고고한 풍미를 보면 누구나 마음이 끌려간다. 소박하면서도 순결하고 정절을 굳게 지키는 강인한 조선 여인의 고운 머릿결은 섬세한 참빗으로 빗은 고운 솜씨와 다르지 않다. 개비자나무 잎은 참빗을 닮았다.

개비자나무는 옛 여인들의 아름다운 모습 같기도 하다. 꼭 조선의 아름다운 여인의 머릿결을 보는 느낌이다.

다른 나무들 그늘 밑에서도 버티며 살아가는 생명력이 어찌 내 어머니들의 옛 모습이 아니랴.

푸른 빛깔의 빗살무늬는 절개의 상징이요, 섬세하게 잘 나열된 보드라운 잎 뒤로 감춰진 듯 고운 흰빛무늬는 잊혀져 가는 어머니의 모습처럼 애태우며 힘겨워 숨 고르며 한평생 희생하시던 그 마음인가도 싶다.

개비자나무는 1속 1종으로 우리나라에서 자란다. 이 나무는 분류학적으로 개비자나무와 눈개비자나무로 나눈다. 그러나 구분하기가 참으로 어렵다. 침엽수로 대부분이 땅바닥에서 옆으로 누운 듯이 가지를 뻗어가며 아담하게 상록수로 생장한다.

개비자나무는 개비자나무과로 한반도의 특산종이다. 자웅이화로 암나무와 수나무가 따로 되어있다. 관목으로 보통 키는 3m 이하로 자란다. 습윤한 음지에서 잘 견디는 특징이 있다. 이런 점에서 경관 조성을 할 때 하층 식생으로 식재하기도 한다. 주로 중부지방 일부인 경기도와 충청도 경상도 산 계곡의 습기가 많은 곳에서 자란다.

잎은 바늘잎으로 끝은 뾰족하지만 억센 듯하나 만져보면 부드럽다. 잎줄기를 두고 촘촘하게 마주나 있는 형태가 얄밉도록 예쁘다. 잎은 피침이나 선처럼 가늘고 긴 모양이지만 약간 넓은 편이다. 앞면의 중앙은 도도록하게 반원형을 느끼게 한다. 어쩌면 구부러져 가는 노인의 등을 연상케도 한다.

뒷면의 중앙에는 녹색 선을 나타내며 중심의 양편으로는 회백색의 숨구멍氣孔線으로 되어있다. 기공은 광합성작용에 필요한 이산화탄소를 흡수하고 산소를 배출하는 곳이다. 잎의 전체 모습은 마치 깔끔하게 가르마를 탄 여인상을 느끼게 한다.

개비자나무는 단성화로 암꽃은 사월에 연한 연두색으로 줄기 끝부분에서 꽃이 핀다. 수꽃은 동글동글하게 잎의 겨드랑이에서 두 줄로 조르륵 연한 갈색으로 매달린다. 꽃은 잎의 뒷면에 숨겨있어 위에서는 잘 보이질 않는다.

암꽃은 한군데서 여러 개가 달리고 대개는 줄기 끝에서 자라는 편이다. 때로는 새로 자란 중간의 마디 부분에서도 달린다. 여러 개의 울퉁불퉁하게 뾰족한 녹색 포苞에 싸여있다. 밑씨는 한 꽃에 대여섯 개씩 송아리처럼 되어있다. 수정이 된 열매는 이듬해 늦은 여름을 지나며 잘쪽하면서도 동그랗게 작은 포도알처럼 푸른빛이다가 초가을이 되면 송아리로 발그레 먹음직스럽게 붉게 익는다.

개비자나무 열매는 떫은맛이다. 그러나 눈개비자는 따서 먹으면 달착지근하여 먹을 수 있다. 이처럼 맛으로도 분류방법이 가능하다.

열매는 과육을 벗겨내면 속에는 은행처럼 딱딱한 각피질로 되어있다. 씨앗을 건조하지 않게 흙 속에 얕게 묻어두면 한 달쯤 지나 봉합선이 서서히 벌어지면서 연약한 뿌리가 나와 땅속으로 벋기 시작한다. 새싹이 돋아나는 신비감으로 바라보고 있으면 조바심이 난다. 얼른 쑥쑥 자라나 아름다운 모습을 보고 싶다.

두 달 정도가 될 무렵이면 어느새 뿌리와 줄기 부분이 마치 갈라져 나오듯이 자엽 사이에서 잎이 나온다. 속잎이 차차 커지면서 푸른 잎은 여섯에서 여덟 개가 한 다발로 되어 나온다. 잎이 두서너 개 정도 나올 것으로 예상했는데 그렇지가 않다. 참으로 신기하다.

서너 달이 지난 후 살펴보면 외줄기로 자라며 잎은 사방으로 벋어 자라고 있어 경험이 없는 사람은 설명만으로는 이해가 잘 되지 않을 거다. 백문불여일견百聞不如一見이라고, 백 번을 듣는 것보다 한번 보는 게 낫다 하지 않던가. 종자에서 발아하는 모습을 보게 되면 쉽게 알 수 있다. 어쩌면 처음 보는 사람은 개비자나무라고 알아맞히기조차 어렵지 않을까 한다.

개비자나무는 암수가 다르나, 일본 식물분류 학자中井猛之進와 미국 학자 사이에는 이견이 있다. 미국 식물분류학자의 학설은 개비자나무는 수나무이고, 눈개비자나무는 암나무라고 하였다. 그러나 일본의 나까이 씨는 그렇지 않다고 주장하였다. 일본 구주 동북지방에 분포하여 있는 개비자나무는 소교목으로 자라고 직경도 굵게 자란다.

눈개비자나무는 개비자나무에 비하여 땅으로 뻗어 나가는 줄기를 가지고 있으며, 길게 땅으로 넓혀 자라고 군데군데 뿌리로부터 줄기를 뻗어낸다. 눈개비자나무도 암수가 따로 있다고 하였다.

정태현 교수 도감에는 위의 내용으로 발표되어 있다. 그러나 이창복 교수 도감에는 뿌리에서 맹아가 돋는 것은 눈개비자나무의 암나무 특성인 것 같다고 하였다. 학자 간의 이견이 있으나 누구도 더 이상 밝혀내지 않았다.

개비자나무와 눈개비자나무의 암수를 확실하게 조사하여 규명할 필요가 있다. 개비자나무는 작은 관목형으로 눈개비자나무와의 구분이 애매하여 어렵다. 눈개비자나무는 누운 채로 옆으로 자라는 습성이 다분하여 줄기를 잡고 흔들어보면 힘이 없어 건드렁 건드렁 잘도 흔들린다.

개비자나무는 겉모습이 비자나무와 비슷해 붙여진 이름으로 비자榧子라는 명칭은 작은 잎의 배열 모양이 한자의 아닐 비非자를 닮았다. 이런 점에서 나무 이름이 유래되었다고 전하기도 한다. 개비자나와 비자나무도 얼핏 보면 구분하기가 쉽지 않다.

개비자나무는 키가 작게 자라고 있어 관목이지만 비자나무는 교목으로 오래된 나무들은 구분이 쉽게 된다. 개비자나무 잎은 부드럽지만, 비자나무는 억세다. 잎끝이 피침으로 손으로 만지면 콕콕 찔린다. 개비자나무, 눈개비자나무, 비자나무는 어린 묘로 자라고 있을 때, 산에서 처음 만나면 얼른 구분이 잘 안 된다.

개비자나무는 교목 숲 그늘진 아래에 끼어 욕심 없이 사는 나무다. 쇠음지에서 자랄망정 푸른빛을 잃지 않는다. 그 의연함을 배우고 싶다.

개비자의 열매

개비자나무 결혼 준비

개비자나무 암꽃– 액체를 발산시켜 수꽃가루를 기다리고 있는 모습

●●● 눈 쌓인 새벽길을 걸어가는 날은 마냥 즐거웠다. 아무도 걷지 않은 길을 혼자서 가는 마음은 개척자의 기분이었다. 얼마쯤 가다가 뒤돌아보면 눈발자국은 흐뭇한 생각으로 젖어 들게 하였다. 누구보다도 깨끗한 눈을 밟으며 제일 먼저 학교로 향하던 마음은 늘 무엇인가 알 수 없는 희망을 안겨다 주는 듯했었다.

초등학교 다닐 때도 그랬고, 대학교의 조교가 되었을 때도 그랬다. 매일 제일 먼저 학과學科에 갔다. 유리 창문을 활짝 열어 놓고 교수님들 연구실 방마다 청소를 하는 일도 싫지가 않았다. 겨울이면 창문을 열고 창밖을 바라보면 작은 정원에 눈이 하얗게 쌓였다. 눈 속에 반은 파묻혀 있던 파란 나무가 안쓰러웠다. 푸른빛을 잃지 않고 있는 모습에 마음이 옮겨갔다. 몇 해만 더 자라거라. 훌쩍 키가 크면 눈 속에 빠지지 않을 거라고 믿기도 하였다. 그 나무는 여름이면 옆에 있는 큰 매화나무 그늘로 햇빛도 제대로 받지 못하고 살아가고 있었다. 뒤늦게 알았지만, 그 나무 이름은 개비자나무였다. 어쩌면 나와 비슷한 환경으로 가련하게 살고 있는 나무인 것처럼 생각이 들었다.

교수님들 곁에서 늘 주눅 들어 눈치를 보며 살아가던 나의 처지가 개비자나무로 느껴졌다. 알고 보니 개비자나무의 생태는 키는 작아도 다른 나무 그늘에서도 잘 견디며 살아가는 특성이 있었다. 음지에서도 눈 속에서도 당당하게 푸른빛을 잃지 않았다.

알고 보니 상록수였다. 바늘잎들은 빛을 더 많이 받을 수 있게 촘촘히 붙어 참빗 모양으로 넓은 면적이 되게 만들었다. 옆으로 기는 듯 구부정하게 자라는 습성도 어떤 연유가 있는 듯하다. 나는 개비자나무로부터 살아가는 방법을 터득하였다. 이 나무처럼 어려움에서도 참고 견딜 줄 아는 감내하는 법을 깨달았다. 그동안 많은 세월이 흘러갔다.

나무는 큰나무 덕을 못 봐도, 사람은 큰사람의 그늘에서 덕행을 본받을 수 있다지 않던가. 어린나무는 큰 나무 밑에서 살아갈 수가 없다더니, 그 말이 꼭 맞다. 나무의 그늘 속에서 작은 나무는 크게 자랄 수가 없다. 나는 교수님들 밑에서 오랜 세월을 있다 보니 성장을 하게 되었다. 어느 사이 가르침을 받아 전임강사라는 직함을 받게 되었다.

나는 개비자 나무를 사랑한다.

대학의 발전으로 건물을 새로 짓고 정원을 꾸밀 적에 애처롭게 보이던 그 개비자나무를 옮겨다 심었다. 그때는 충분히 빛을 받을 자리로 마음 놓고 살아갈 수 있는 환경 위치에 심었다. 경관도 조성되어 있었다. 사람들은 큰 나무만 눈에 들어오고 작은 나무는 눈에 차지 않는지 개비자나무 주변에 교목을 심었다. 개비자나무는 또 그늘에서 살아가게 되었다. 다른 장소로 옮겨줄까도 생각했지만 아무리 둘러보아도 이만한 장소도 없다 싶었다.

개비자나무는 어느덧 나와 인연을 맺은 지도 사십여 년이 훌쩍 넘었다. 가을이 돼도 열매가 달리는 것을 한 번도 보지 못했다. 뒤늦게 자웅이주雌雄異株임을 알았다. 수나무를 구해다가 옆에다 심어주어야겠다는 생각이 들었다. 십여 년의 세월이 흘렀지만, 마음뿐 실행을 못 했다. 그사이 나는 정년을 맞이하고 말았다. 다시 그럭저럭 세월이 갔다.

어느 가을날이었다. 미동산수목원에 갔다가 마침 땅에 떨어진 개비자나무 열매를 발견하였다. 동글동글하게 생긴 앵두 알보다 큰 사과 빛이 나는 열매를 여남은 알 주웠다. 봄이 되면 파종하는 것을 잊어먹을까 봐 화분의 흙 속에다 묻었다. 용케도 발아되어 이듬해 봄에 두 그루가 자랐다. 관심을 두고 보살펴 오는 지가 금년이 육 년째가 되는 해다.

봄날이었다. 무심코 작은 가지 잎의 이면을 보니 수꽃이 피어 있었다. "옳지, 됐다. 얼른 크거라. 장가보내 줄 테니." 환갑이 훌쩍 넘은 노처녀 개비자나무 생각이 떠올랐다. 이십여 년을 미루어 오던 꿈이 눈앞에 그려졌다. 마치 내가 장가를 가는 기분만큼이나 즐거웠다.

노처녀 중매를 서기 위해 부리나케 학교 정원을 찾아갔다. 노처녀는 안타깝게도 조릿대 숲으로 뒤덮여 있었다. 주변의 조릿대를 전정가위로 조심스럽게 베어냈다. 늙은 줄기의 죽은 가지들도 잘라내고 말끔히 분장을 해주었다. 그리고 노처녀 개비자나무가지를 붙들고 말을 걸었다.

"네 신랑감을 찾았다. 그동안 노처녀로 사는 동안 얼마나 외로웠니." 푸른 잎은 금세 더 윤기가 나는 듯 청청靑靑하게 보였다.

그동안 수십 년 외롭게 노처녀로 살아왔기에 신랑의 이모저모를 따질 일이 아니다. 신붓감으로부터 허락을 받은 거나 진배없다. 얼른 결혼식 날짜를 받아야겠다. 아무리 성급하지만, 신랑이 아직 어려 어쩔 수 없이 한 해를 더 기다렸다. 금년 오월이면 장가를 가도 충분할 듯싶다.

푸른 잎 뒤 줄기로 작은 수꽃 송이가 빼곡히 맺어 있다. 얼른 약혼식을 서둘러야 할까 보다. 신랑 사주四柱를 써서 사주단자와 예물 준비도 해야겠다. 예물은 일 등급 퇴비로 마련하는 게 어떨까? 모조지에다 붓 펜으로 정성 들여 이렇게 적었다.

개비자나무 사주 四柱 甲戌年 二月 十五日 午時生

구상나무

구상나무 구과(毬果)

구상나무 암꽃

구상나무 수꽃

구상나무 암꽃

구상나무 암꽃

●●● 자연의 색채는 여러 가지가 있다. 시각적으로 느껴오는 나뭇잎의 색감은 농담의 강약에 따라 색깔이 구분된다. 식물은 다양한 색상을 만들어 낸다. 그중에도 푸르른 빛깔은 생명의 기쁨으로 도도히 밀려온다. 이른 봄 새로 자라나는 가지 끝에서 피어나는 연둣빛은 모나리자의 조용한 미소만큼이나 편안하게 느껴진다.

어느 나무인들 색상이 곱지 않을까만은 한라산을 오르다가 구상나무 군락을 바라보면 자연미의 현란함에 빠져들지 않는 이가 없을 게다. 자연은 아름답다고 말하기는 쉬워도 정작 마음으로 느끼는 색감은 감정에 따라 서로 다르다. 그 생명의 빛을 깨닫게 될 때 비로소 구상나무의 신비로움을 알게 되리라. 심음도 가꿈도 그 누구도 아니하였건만 어찌 이 높은 산중에서 저리도 고운 푸르른 은빛으로 뽐낼 수 있단 말인가. 이보다 더 아름다운 색채를 나타내는 색상을 지닌 나무는 아마도 거의 없지 않나 싶다.

색감으로 보면 오방색 중의 청색은 동쪽을 상징한다. 이는 태양이 솟아오르는 방위로 희망을 담고 있다. 계절로는 만물이 소생하는 봄을 나타내며 생명력의 풍요로움을 뜻한다. 이처럼 우리의 소망을 담아 즐거움을 선사하여 주는 나무가 바로 구상나무다. 사시사철 푸른빛으로 한라산을 자랑하는 나무. 세계의 어느 곳에서도 볼 수 없는 여느 꽃보다도 아름다운 푸른 기상의 고고한 자태를 지녔음이 특이하다. 청정하면서도 고요하게 살아가는 선비 같은 나무를 누가 밉다 할 것인가. 천 미터 이상의 고산지대에서 기도하는 모습으로 모진 한파를 이겨내며 늠름하게 서서 겨울 산을 침묵으로 지키고 있다가 봄의 행복을 가져다주는 나무다.

봄이면 줄기마다 속잎이 트이는 연두색 봉오리는 한 송이의 꽃이나 다름없다. 봄은 봄대로 어머님의 은비녀를 연상케도 한다. 운무에 덮여 있다가 비안개에 함초롬히 젖어 서서히 드러내는 모습은 신화를 지닌 나무 같다. 무늬 진 은빛 날개를 펼치는 것처럼 뻗어 나간 가지의 잎 잎마다 조롱조롱 매달려 있는 이슬방울이 햇살에 반짝일 때면 은구슬을 조르륵 걸어 놓은 듯하다.

여름이면 하늘의 선녀가 백록담으로 목욕을 하러 갈 때 구상나무 가지에 옷을 벗어 걸어놓고 간다는 전설은 아마도 그만큼 나무의 고아高雅함을 더해주는 의미에서가 아닐까. 어쩌면 구상나무 군락지에 흰 구름이 두둥실 떠 있는 아름다운 모습은 마치 선녀의 하얀 속옷이 걸려있는 것으로 착각을 하게 되었을지도 모른다.

어느 꽃이 이보다 더 아름다우랴. 짙푸른 녹색의 황홀함은 사철 푸른빛깔로 꽃이 되어 가지 끝마다 생명의 물결로 밀려온다. 봄을 맞는 환희의 함성으로 하늘을 향하는 몸짓으로 피워내는 멋진 구과毬果의 풍치는 어떤 나무와도 비교할 수가 없다. 성스럽게 탑을 켜켜이 쌓아 올라가듯 정교한 모습은 황금분할을 떠올리게도 한다. 어디 하나 흠잡을 수 없이 맺어두고 자라가는 열매는 볼수록 아름다워 감탄이 절로 나온다.

사람들은 구상나무가 한라산에서 자생하는 것을 보았겠지만 일반인들은 관심이 없었을 것이다.

문헌을 보면, 1915년에 한라산 1000m 이상의 고지에서 구상나무를 채집하여 정확히 분류한 사람은 식물학자 미국의 윌슨이다. 윌슨과 일본의 나까이다케노신中井猛之進와 함께 한라산을 답사 후, 구상나무와 분비나무는 다른 새로운 종임이 확인되어 Abies koreana라는 한국의 이름으로 명명되었다.

식물분류학자는 열매를 두고 색깔에 따라 푸른빛깔이라 하여 푸른구상나무, 붉은빛이 난다고 하여 붉은구상나무, 검은빛이 돈다고 하여 검은구상나무로 분류를 하여 놓았다. 푸른구상, 붉은구상, 검은구상이라고 나누어 불러본들 구상나무는 한 가족일 따름이다. 구상나무와 분비나무는 식별하기가 어렵다. 그러나 열매를 보면 구상나무 구과毬果는 인편鱗片이 뒤로 젖혀지지만 분비나무는 그렇지가 않다. 잎은 줄기에 윤생輪生으로 돋아나며 선형으로 끝이 갈라지고, 뒷면에는 흰색 기공선으로 인하여 서리가 내린 것처럼 은은한 회백색으로 시선을 끌어들이고 있다. 마치 청년이 겉에는 초록색의 가운을 입고 씩씩하게 서 있는 듯하며, 잎을 뒤집어보면 흰옷을 입고 있는 듯 그 기상이 한라산 정상에 넘쳐나고 있다.

내가 구상나무의 죽은 모습을 처음 본 것은 지리산 천왕봉을 오를 때다. 대학 조교 시절에 은사님을 따라 식물채집을 갔을 적이었다.

지리산에 자생하는 침엽수 식물은 수직분포로 보면, 소나무는 표고 칠백 미터 전후에서 점점 사라져 갔다. 그 대신 잣나무가 한두 그루씩 가끔 띄엄띄엄 출현하였다. 천 미터 전후에서는 전나무가 발견되기 시작했다. 천오백 미터쯤에서는 신비롭게도 구상나무가 자랐다. 그러나 천왕봉을 눈앞에 둔 구릉지는 언제 산불이 났었는지 초지로 되어있고, 안타깝게도 구상나무 군락은 고사목만이 쓸쓸히 서 있었다. 언제 어떻게 산불이 났던 것인지 그 모습은 바라보기조차 애처로워 처참하였다. 6·25 전쟁이 남겨진 자연의 상흔들일지도 모른다.

수천수만 년을 이어온 푸른 숲은 간간이 잔인하게 톱질로 베어져 나간 흔적들만이 쓸쓸함을 더해주었다. 굵은 밑둥치는 불길에 그을려 여기저기 덩그렇게 남아 있고, 산화로 죽어간 나무들은 서 있는 채로 껍질이 벗어져 알몸을 들어내어 석양빛에 젖어 더욱 애처롭게 보였다. 거기다가 세차게 부는 바람은 임목 종자를 어느 한 곳이라도 정착할 수 없게 만들고 있었다.

"원시림 상태의 삼림은 아니더라도 숲이 형성되려면 적어도 2~3백 년의 아픈 세월이 흘러가야 이루어지겠지"하는 안타까운 마음으로 저무는 석양을 뒤로하며 발길을 옮겼다.

폐허된 처참한 모습은 오랫동안 가슴이 아파 잊혀 가지가 않았다. 그때 나는 내 일생을 바쳐 꼭 나무를 심고야 말겠다는 결심을 했었다. 어떻게 해야 푸른 숲을 만들어 낼 수가 있을까. 어디서 구상나무 씨앗을 구입할 수 있을까. 많은 날을 두고 고민을 하였다. 고산지 식물이 평지에서도 쉽게 자랄 수 있을지. 키운 묘목을 반대로 바로 고산지대에 가져다가 식재를 해도 살 수가 있을까. 학술적으로는 묘목의 생장이 불량할 뿐만 아니라, 동해凍害를 받아 직접 이식은 불가능한 것으로 알고 있어서였다.

기후조건의 차이를 줄이는 연구방법을 이론적으로 세워 보았다. 평지에서 묘목을 길러 산지의 중간쯤에서 몇 년 키운 후, 다시 산 정상에 식재를 한다면 적어도 10년 이상을 두고 노력을 해야 성공할 수 있을 것으로 판단되었다. 자신과 약속을 하였건만 40여 년의 세월이 흘렀으나 현재까지도 실천을 이루지 못하였다.

내 생이 다하기 전, 언젠가는 지리산 천왕봉에 몇 그루가 될지언정 구상나무를 꼭 심어놓고 싶다.

향나무

향나무 암꽃

향나무 열매

향나무 수꽃

향나무 수꽃

●●● 향나무는 살아 천년, 죽어 천년을 지나도 향기를 그대로 지니고 있다. 그래서 그 이름을 향나무라 부르지 않을 수 있을까.

향나무같이 다복이 잎을 달고, 고고하게 맑고 깨끗한 모습으로 자라는 나무는 없다. 늘 푸른 빛깔로 정좌 되어있는 형태는 언제 보아도 겸손한 듯, 늠름한 기품이다. 울릉도에 가면 경사진 암석 사이로 수백, 수천 년을 사는 이런 향나무들을 볼 수 있다.

향나무는 삼국시대 이전부터 신앙적으로 귀하게 여겨온 나무이다.

역사적으로 보면 향나무는 하늘에다 제를 지내는 제단 옆에나, 우물가에도 심어왔음을 알 수 있다. 종교에서는 분향焚香을 올릴 때 사용을 하고 있다. 예전에는 제사를 지낼 적에 향나무 줄기를 베어서 얇게 깎아다가 향불을 피웠다. 향을 피우는 이유는 주변을 신성시하고, 정성껏 신을 모시는 의식으로 제를 지낼 적에는 으레 향불을 피워 사용함이란다. 향은 정신을 맑게 함으로써 사람들은 심신 수양을 할 때도 향불을 피운다고 한다.

사람이 운명하고 나게 되면 향나무 향수를 만들어 수건에 적셔 시신을 씻겼다. 이런 장례의식은 오늘에 이르기까지 전해져 내려오고 있다. 내가 어릴 적만 해도 염을 할 때는 향나무 물로 얼굴을 닦아주었다. 왜 향나무 물을 활용을 하였을까? 이는 다른 물보다도 정갈하고 향 내음이 담겨 있어 시신屍身을 더욱더 신선하게 모시려는 정성의 뜻이었을 것이다.

옛날에는 마을 공동 우물가에는 한그루의 향나무가 심겨 있었다. 나무의 향기를 신성시 여겼으므로 우물을 청정함으로 만들어 준다고 믿었다. 향나무에는 나무의 향기로 인하여 벌레가 잘 꼬이질 않는다. 학교나 공공기관에 향나무를 심는 이유도 다 이런 연유에서 식재를 하게 됨이다.

불교에서는 향나무를 잘라서 바닷가 갯벌에 묻어두고 오랜 세월이 지나 꺼낸 나무를 침향沈香이라 하여 사용한다고 한다. 법구비유경法句譬喩經의 글이다.

스승이 제자들을 데리고 길을 가다 떨어져 있는 종이를 발견하였다. 제자에게 주워오라고 하였다.

“그 종이는 무엇에 쓰였던 종이라고 생각하느냐?”

“향을 쌌던 종이인 듯합니다. 종이에서 향내가 납니다.”

앞에 걸어가던 스승은 또 길을 멈추었다. 길가에 새끼줄이 떨어져 있었다. 제자에게 냄새를 맡아보라고 하였다.

“새끼줄에서 생선 비린내가 납니다. 썩은 생선을 묶었던 새끼줄 같습니다.”

“세상에는 어떤 인연을 만나느냐에 따라서 그 본성이 달라진다.

향을 쌌던 종이에서는 향내가 나고, 썩은 생선을 묶었던 새끼줄에서는 생선 비린내가 나게 마련이다.”

인생이 살아가는 데는 어떤 사람을 만나 친구가 되고, 이웃이 되느냐에 따라 사람이 달라진다고 한다.

유명한 미술가 루오의 작품 중 ‘향나무는 자기를 찍는 도끼날에도 향을 묻힌다’는 제목의 판화가 있다. 자신을 괴롭히고 아픔을 주는 도끼날에 독을 주는 게 아니라 오히려 향을 묻혀준다는 것이다. 이 한마디는 우리의 인생 삶에 깊은 생각을 전해주고 있는 나무이다. 어떻게 자기의 생명을 앗아가는 도끼날에 향기를 남겨주는가. 깊은 삶의 철학으로 의미를 들려주는 향나무 같은 나무가 어디 또 있을까.

향나무는 오래된 잎은 비늘잎鱗葉으로 부드러우나 새로 자란 가지는 바늘잎으로 날카롭다. 햇가지는 녹색이지만 몇 년이 지나면 갈색으로 변한다. 바늘잎은 마주나거나 돌려나기도 한다. 잎은 짙은 녹색으로 양면이 도드라져 있으며 표면에는 흰 선이 있다.

암수雌雄가 다른 나무도 있지만, 한 그루로 되어있는 나무도 있다. 봄이면 가지 끝에 적자색을 띠면서 노란 빛깔로 잔잔하게 꽃을 피운다. 암꽃은 둥글며 황록색 비늘조각처럼 실편實片으로 되어있다. 열매는 녹색으로 자라 두 개의 능선을 이루며 이듬해 가을에 흑갈색으로 익는다.

향나무는 여러 종류가 있지만 모두 향기를 지니고 있다. 곧게 자라는 향나무, 약간 누워서 자라는 단천향나무, 바닷가에서 자라는 섬향나무, 잎이 억세게 자라는 뚝향나무, 줄기가 누운 채로 자라는 눈향나무, 둥글게 자라는 둥근향나무, 도입종인 연필향나무 등이 있다. 향나무는 상록수로 정좌 되어있는 모습이 아름다워 정원수로 사랑받는 나무다.

그러나 향나무를 싫어하는 사람도 있다. 그 이유는 향나무류는 적성 병균의 중간숙주 식물로 배나무과수원의 인근에서는 병원균을 옮기게 되어 심어서는 안 된다. 적성 병균은 봄에 배나무에 있다가 여름에 향나무로 옮겨가 균사체로 머물러 겨울을 보낸다.

나무의 번식방법은 종자로도 하지만, 주로 삽목 방법을 이용한다. 이른 봄에 지난해 자란 햇가지에 한 마디쯤 되게 2년 된 가지를 붙여서 삽수를 만들어 습기가 있는 깨끗한 모래다 꺾꽂이를 하면 뿌리가 내린다. 향나무의 열매는 속껍질이 하도 딱딱하여 종자를 파종하면 이 년이 걸려야 발아가 된다.

세상에는 많은 성품의 사람들이 살고 있다. 향기 나는 향나무 같은 그런 사람을 만나 함께 한세상 살아간다면 얼마나 즐거우랴.

솔송나무

솔송나무

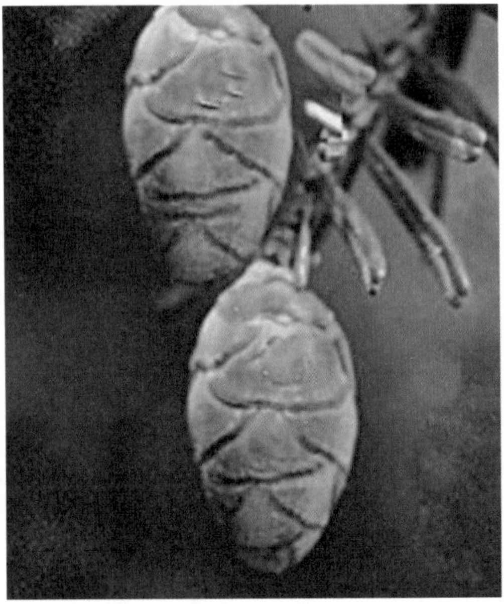

솔송나무 열매와 씨

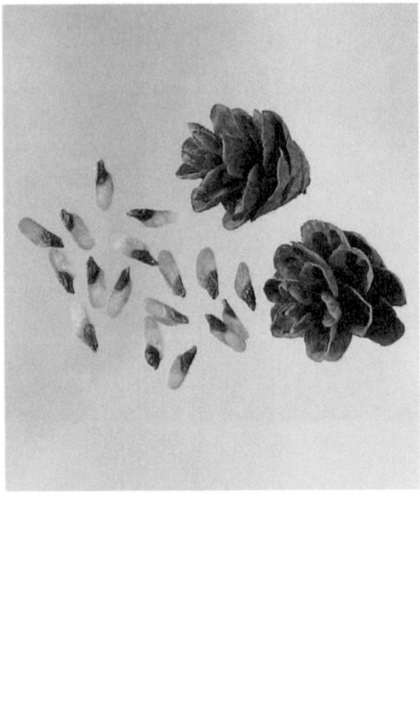

●●● 식물채집 기구를 걸머메고 울릉도로 떠나고 싶다. 울릉도에는 어느 섬보다도 웬지 정이 간다.

많은 희귀한 식물들이 자라고 있어 흥미로운 곳이다. 울릉도 식물 명명은 나까이 다케노신中井猛之進과 우에끼호미키植木秀幹에 의해 지상에 발표되었다. 이 바람에 우리나라의 울릉도 희귀종 학명은 대부분이 일본 식물학자의 이름이 붙어있다.

일본에서는 일찍이 1784년에 스웨덴의 식물학자인 툰베르기(Carl Peter Thunberg)에 의해 일본식물지(Flora Japonica)가 발행되어 일본 고유종에 대한 학명이 종속 명으로 일본을 의미하는 'japonica'를 많이 붙였다.

우리는 가난한 나라임에 식물의 분류를 할 줄 몰라서 내 나라에 자생하여 살아가고 있는 식물명마저 그 이름을 잃어버리고 말았다. 그 통에 우리나라 식물 이름에는 Thunb. Nakai 또는 Makino라는 학명이 붙었다. 모두가 가난하고 못 배운 게으름에서 온 슬픔이다.

현재 우리가 부르는 일반명의 식물 이름은 언제, 누가, 붙여준 것들일까? 지금 우리들이 부르는 우리나라의 식물 이름은 다행스럽게도 1937년 정태현, 도봉섭, 이덕봉, 이휘재 식물학자들이 펴낸 '조선식물향명집'과 1949년 정태현, 도봉섭, 심학진 식물학자가 새로 약 1000여 종을 추가해 발간한 '조선식물명집 I, II' 로부터 식물 이름이 알려지게 되었다. 아마 이분들이 있지 않았더라면 어찌 되었을까? 참으로 고마운 분들이다.

전에 울릉도로 해변 상록수 식물채집을 하러 갔던 기억이 새롭다.
은사님의 연세가 여든 살인데도 984m의 성인봉을 함께 올라갔다. 내려오던 날은, 때 이른 눈이 내렸다.

그래도 무엇보다 울릉도에만 자라는 솔송나무를 꼭 보고 싶었다. 이튿날은 잔설이 남아 있는 태하령을 찾아갔다. 경사진 길모퉁이에서 천년은 되었을 솔송나무가 딱 버티고 서있다. 둘레는 두 아름에 높이는 20여 미터는 되었을 나무를 끌어안아 보며 감탄을 했다. 늠름한 기상의 솔송나무에 절로 고개가 숙어졌다. 이곳저곳을 둘러보며 원시림 같은 푸른 숲의 신비감에 푹 빠져있었다. 이 고요로움의 자연 속에 신선이 된 기분이었다.

많은 산을 올라가 보았지만 이처럼 아름답고 청초하며 청량함은 처음이다. 은사님은 급경사지를 내려오시다 눈길에 미끄러져 10여 미터를 굴러 넘어지셨다. 순식간에 벌어진 일이다. 그때 채집통만 메지 않으셨더라면 바위에 머리를 짓찧을 뻔했던 아찔한 사고였다. 한동안 일어서질 못하고 누워계셨다. 쫓아가 교수님을 일으켜 바르게 앉혔다. 살펴보니 무릎의 상처로 피가 흘러

내렸다. 정신이 아찔했다. 병원도 없는 수 십리 길에서 이만하기가 천만다행이셨다. 타고 왔던 택시를 돌려보내지 않고, 산기슭에 대기시켜 놓기를 참 잘했었다.

그 세월도 벌써 십여 년이나 지났다. 은사님은 금년의 연세가 아흔하고도 둘이시다. 아직도 학문에 손을 놓지 않으시고 충남 부여지방의 보호수 조사를 하고 계시는 그 열정은 대학에 근무할 때나 지금이나 변함이 없으시다. 젊은 시절 정태현 박사와 식물채집을 다니셨던 회고담을 들을 적마다 늘 재미있었다.

울릉도 식물조사는 조선총독부 편으로 1917년 나까이다케노신中井猛之進 박사가 372종 중, 특산 식물 30여 종을, 우에끼호미키植木秀幹가 447종이 자생함을 1935년에 발표하였다. 그 후 도봉섭(都逢涉-藥專)씨는 솔송나무가 흉고직경 1m이고 수고가 25m가 되는 나무와 도로변에 서 있는 둘레가 4m 이상 되는 큰 나무가 있다고 하였다. 이처럼 큰 솔송나무가 자생하고 있음을 이미 1937년에 발표를 하였다. 그러나 최근에는 어느 식물학자는 수령이 1,000년에서 1,500년 된 나무가 자라고 있다고 발표를 하였지만, 사진을 보면 바로 도로변에 우뚝하게 서 있는 그 솔송나무였다. 새로운 솔송나무를 발견하여 발표한 게 아니다.

순수한 우리 고유의 명인 솔송나무를 어떤 이는 억지로 한자를 써서 솔송率松이라고 쓰는 이도 있다. 1937년에 펴낸 조선식물향명집에도 보면 한자가 없이 그대로 솔송나무다. 솔은 소나무 자체를 가리키는 이름이다. 잎이 엉성한 솔소나무 잎처럼 되어있어 솔이란 이름이 지어졌다고 한다. 송松은 예로부터 중국의 진시황이 길을 가다 나무 밑에서 비를 피해 가게 되어 나무에 고마움을 표하기 위해 공작 벼슬을 내리게 되었다. 나무 목木에 공작 벼슬인 공公자를 붙여 소나무 송松자가 붙여져 소나무를 송목이라고 부르게 되었다 한다.

솔송나무를 처음에 이름을 부르게 된 이유는 아마도 솔나무처럼 생겼지만, 소나무가 아님을 구분 짓기 위해 솔에다 송자를 더하여 솔송이라 부르게 된 게 아닐까. 솔송나무는 우리나라에는 울릉도에서만 자라고 있다. 소나무처럼 생겼으나 그 모습이 서로 달라 다르게 부르던 명칭이었던 것으로 생각된다.

모란꽃을 표현할 적에 화중지왕花中之王이라 하였다. 꽃 중의 꽃이라 하였듯이 솔송나무도 솔나무 중에 진짜 소나무 같은 나무라는 의미일 것 같다. 울릉도에는 주로 활엽수로 소나무가 자생하지 않았다. 그러나 나리분지 쪽에는 1930년경에 소나무를 조림하여 적은 면적 내에 듬성듬성 소나무가 자라고 있을 뿐이다.

일본에서는 솔송나무를 모栂-つが로, 나무 목木자에 어미 모母자를 붙였다. 모母자는 어머니의 젖을 상징하는 의미함에서 붙여진 듯하다. 즉 소중한 어머니 나무임을 뜻한다. 중국에서는 철삼鐵杉이라 부른다. 거목으로 자라며 철처럼 단단하며 늘 푸르다는 의미일 것이다. 철처럼 희다는 뜻도 담고 있음이다.

솔송나무는 얼핏 잎을 보면 마치 주목나무와 같은 느낌이다. 잎의 뒷면이 기공선이 있어 희고 잎은 짧으며 끝이 오목하게 들어가 있다. 가늘은 줄기는 아래로 늘어지며 수꽃은 가지 끝에 붉은 자색 빛을 담아 작게 짤족한 모습으로 피어난다. 솔방울은 작으며 어릴 적에는 꼭 번데기 모양처럼 생겼다. 솔방울은 완전히 익으면 꽃이 핀 듯이 인편鱗片이 활짝 펴져 매달려 있다. 그 모습도 앙증맞아 볼만하다.

어떤 나무는 외대로 자라지만 어떤 나무는 많은 가지를 펴내 둥그렇게 자란다. 최근에 와서는 조경수로 심기도 하지만 많이 알려져 있지는 않다.

금년에는 꼭 기억하고 있다가 솔송나무 씨를 구해서 파종을 하여 길러 보리라. 울릉도의 추억을 회상하며 솔송나무의 은은한 향기에 취하여 보고 싶다.

잣나무

잣나무 암꽃

수정된 암꽃

1년 자란 열매

잣나무 수꽃

씨에서 발아하여 생장하는 모습

설악산 자생 잣나무

●●● 소슬바람 따라 산을 오르다 보면 솔 향기가 그윽하다. 송무백열松茂栢悅이라고, 소나무가 무성하면 잣나무도 기쁘다니 어느새 마음도 즐겁다. 누가 한 말인지는 모르나 표현이 정답다. 이웃이 잘되면 자신도 즐겁다는 의미다. 어딘가 모르게 편안하게 느껴져 듣기조차 흐뭇하다. 이보다 더 좋은 말이 그리 많던가. 마치 이웃과의 정이 밀려서 오고 가는 느낌이다.

곧고 늠름하게 자라는 잣나무를 바라보면 사시사철 변함없이 푸르러 멋스럽다.

시경에 보면 백주柏舟란 시가 있다.

공강이란 여인은 청상과부가 되었을 때 어머니는 딸을 위해 재가할 것을 바랬지만, 딸은 정조와 굳은 정절을 지키느라 재혼을 하지 않았다. 그 마음을 잣나무로 만든 배에 비유하여 시를 남김에 백주지조栢舟之操란 고사성어가 되었다. 이의 연후로 예로부터 잣나무는 절개를 지키는 상징의 나무로 알려져 오고 있다.

조선 시대 세한도歲寒圖를 그려 제자에게 주었던 추사秋史의 깊은 뜻도 조금은 이해될 듯싶다. 어려운 처지의 스승에 대한 의리를 지킨 제자 이상적李尙迪 의 인품을, 겨울에도 청아함을 지니고 있는 소나무와 잣나무의 지조에 비유하여 그려주었음일 게다.

오늘날처럼 어려운 세파에 사는 사람들에게 지조와 절의가 어떤 것인가를 잣나무와 소나무로부터 배웠으면 싶다. 잣나무가 그 뜻을 모습으로 가르쳐줌에 더욱 사랑스럽다. 많은 나무 중에서도 추운 겨울이 되면 모든 식물들은 낙엽이 지지만 오직 잣나무와 소나무만은 상록수로 청청한 빛깔을 잃지 않는다. 변함없는 올곧음도 풍치다. 세한도는 예술적 그림 이전에 잣나무와 소나무의 기상을 인품으로 의인화하여 남다른 사제 간의 정을 담아 사유를 은근히 들려줌이 숭고하다.

논어 자한子罕편의 세한연후지 송백지후조歲寒然後知 松栢之後凋 내용을 인용하였음은 오늘날 세인들의 가슴에 오래 머물게 하고 있다. 공자가 표현하였듯이, 한겨울 추위가 지난 뒤에야 소나무 잣나무가 시들지 않음을 안다. 송백은 사철을 통해 시들지 않는 것이라면, 세한 이전에도 하나의 송백이요, 세한 이후에도 하나의 송백이다. 성인이 특히 세한을 당한 이후를 칭찬하였다. 추사는 이상적을 두고 이렇게 표현을 하였다.

'지금 군이 나에게 대해 앞이라고 더한 것도 없고 뒤라고 덜한 바도 없으니, 세한 이전의 군은 칭찬할 것 없거니와, 세한 이후의 군은 또한 성인에게 칭찬을 받을 만한 것이 아니겠는가.' 귀양살이를 하고 있는 추사의 심정이야말로 초라한 자신을 찾아주는 제자가 그지없이 고맙지 않을 수 없다. 사철 푸른 잣나무와 소나무에 비유하여 그림으로 표현하였던 사제 간의 정리가 잣나무의 향기처럼 은은하게 스며난다.

잣나무의 잎을 한 잎 따서 가만히 손바닥 위에 올려놓고 펼쳐 본다. 다섯 잎이다. 평소 사람이 살아가는데 지녀야 할 오상五常을 떠올려 주고 있다. 열매를 맺어 베푸니 인이요, 올곧음에 의요, 한 방향으로 자람을 담고 있어 예요, 죽어서도 목재로 남아 이용케 함이니 지요, 항상 푸르름을 지니고 있어 변함이 없어 신이다. 어찌 인의예지신仁義禮智信을 잊고 살랴.

불교 교리에서는 뜰 앞에 잣나무庭前栢樹子라는 화두가 있다.

이는 중국의 선승 조주 스님의 화두에서 비롯된 것이라 한다. 어떤 스님이 "달마 대사가 서쪽에서 가져온 그 법이 무엇입니까" 물으니, 조주 스님은 "뜰 앞의 잣나무니라."고 엉뚱하게 답을 하였단다.

설두 스님이 공부하러 다닐 때의 일이란다. 어느 절에서 한 도반과 '뜰 앞의 잣나무'라는 화두에 관해 이야기하고 있었다. 한참 대화를 나누다가 문득 옆을 보니 심부름하는 행자가 빙긋이 웃고 있었다. 스님은 손님이 떠나간 후에 행자를 불렀다.

"이놈아, 스님네들 법담을 하는 데 왜 웃었느냐?"

"허허, 눈이 멀었습니다. 정전백수자는 그런 것이 아니니, 내 말을 들어보십시오.

흰 토끼가 몸을 비켜 옛길을 가니. 눈 푸른 매가 언 듯 보고 토끼를 낚아가네. 뒤쫓아 온 사냥개는 이것을 모르고 공연히 나무만

안고 빙빙 도는 도다(白兎橫身當古路 蒼鷹一見便生擒, 後來獵犬無靈性, 空向古椿下處尋).

뜰 앞의 '잣나무'라 할 때 그 뜻을 비유하자면 토끼에 있지 잣나무에 있는 것이 아닙니다. 그래서 마음의 눈을 뜬 매는 토끼를 잡아가 버리고, 멍텅구리 개는 잣나무라고 하니 나무만 안고 빙빙 돌고 있다는 것입니다."

어찌 오늘을 살아가는 화두는 없을쏜가. 산사태와 홍수는 어떻게 막고 잘 살 수 있을 것인가라고 사람들이 물으니 어느 학자가 산중에 잣나무라山中栢樹 대답하였다.

한때는 산사태와 홍수를 막고 가난을 면하여 잘살아 보자고 온 산천에다 잣나무를 심었다.

산이 푸르고 잣도 따고 건강에 좋다고 야단들이더니 어느 한 해는 폭우가 쏟아져 잣나무조림지가 산사태가 났다. 나무뿌리가 뽑히고 부러져 안타깝게도 가옥을 덮쳤다. 피해를 보고 난 후에서 원인은 따지지 않고, 잣나무 뿌리가 얕게 뻗어서 그렇다고 잣나무에다 책임을 떠밀었다.

잣나무가 하는 말이 "사람들의 사고思考가 참으로 가소롭다." 하더라.

잣나무

금강소나무

소나무 암꽃

소나무 암꽃과 수꽃

●●● 선한 사람은 살아가면서 찬사는 받지 못하더라도 남에게 미움을 사지는 않는다. 악한 마음을 지닌 사람은 천금을 주고도 환심을 사기가 어렵고, 착한 사람은 따뜻한 말 한마디로도 평

생의 은인으로 만들 수 있다. 이것이 인간의 살아가는 법도이다.

순수한 마음은 순수한 마음과 통할 수 있지만, 욕심을 앞세우고 있는 사람은 자신의 미흡함을 발견하지 못한다. 자신이 지니고 있는 성품의 그릇은 생각지 않고, 남의 그릇 큰 것만을 시기하고, 거기다 부족하거나 잘못되면 남의 탓으로 화살을 돌린다.

어쩌면 자연의 살아감도 인간사나 다를 바가 없다. 그러나 많은 나무들 중에 금강소나무만은 그렇지가 않다. 금강소나무는 우리나라의 소나무 중에서 대표적인 소나무다.

동해안을 따라 태백산맥 줄기를 타고 금강산에서부터 강원도 설악산을 거쳐 경북 울진, 봉화, 영덕, 청송 지역에서 자라는 줄기가 곧고, 껍질이 붉다. 이 소나무는 금강산의 이름을 따서 금강소나무金剛松, 또는 강송이라고도 부른다. 한편 춘양목春陽木으로도 알려져 있다. 금강소나무는 예로부터 재목으로 손꼽혀온 나무다.

소나무는 한민족의 얼을 안고 있는 우리의 문화적 나무이다. 금강소나무는 우선 겉으로 보기에 잎은 억세고 거친 느낌이 들지만, 만져보면 매우 보드랍고 향기롭다. 어린줄기는 오밀조밀하면서도 소박함을 느끼지만 우람한 아름드리 줄기는 청년을 연상케 한다. 또한, 아름다운 곡선미는 어딘가 모르게 부드럽고 여성스러워 미덥고 친근감을 불러일으킨다.

다른 나무들이 못다 살고 떠나간 메마르고 척박한 능선에서 버티며 사는 까닭은 무엇 때문일까. 바로 소나무가 지닌 강인함이다. 금강산, 설악산을 거쳐 동해안을 푸르게 하고 헐벗은 산하를 묵묵히 굳건하게 지켜온 자랑스러운 민족의 나무. 우리 문화의 금강소나무를 바라보고 누가 사랑스럽다 말하지 않겠는가.

맑고 드높은 가을 하늘로 피어오른 흰 뭉게구름을 이고 서 있는 푸른 솔숲을 걷다 보면 깊은 산중의 풍치감에 빠져들게 되어 스스로 맑은 마음을 가지게도 된다. 친구와 솔숲에 누워 하늘을 바라보며 젊음을 논하고, 인생을 논하다 보면 사색과 철학에 잠겨있게 되고, 어느새 스스로 심오한 학문의 길을 열게도 한다.

소나무는 젊은이의 기상이요, 선비의 절개를 뜻함이다. 우람한 줄기는 건강한 육체요, 푸른 잎은 고고한 정신이다. 솔 끝에서 이는 푸른 바람을 느낄 줄 아는 사람은 선인이 될 수 있나니, 낙락장송의 고귀한 기품을 아는 자만이 소나무와 사랑을 나누리다.

만고풍상의 세월을 이겨내며 자란, 고고한 모습이 물 위에 비쳐 있는 한 폭의 물그림자로 남은 솔나무 그림자를 바라보면서, 나뭇가지에 걸린 달빛에 젖어본다. 오늘도 청솔 바람 소리를 들으며 아름다운 연못가에 서 있음이 얼마나 행복한가.

봄이면 가지마다 울긋불긋하게 피어 있는 진달래 꽃길에 드니 파란 새순이 생동감을 불러일으키고, 푸르고도 푸른 한 그루, 한 그루마다 소나무는 정취를 더하여준다. 연못가의 솔 터를 거닐어 본다. 오고 가는 젊은 대학생들의 발걸음도 가볍다.

여름이면 황금빛 꾀꼬리가 돌아와 이 가지에서 저 가지로 앉았다 날면, 노란 송홧가루가 떨어질 때마다 자연의 의미를 일러주는 풍치가 어이 멋지지 않은가.

가을이면 열매가 통통하게 익어 씨는 다람쥐와 새들의 먹이가 되어 주기도 하며, 바람에 날려 땅에 떨어져 싹을 틔우는 생명의 근원을 알게 해주어 기쁘다.

겨울이면 그윽한 모습을 담고, 고고한 자태로 북풍한설에 뒤덮여 서 있는 장령의 금강소나무가 봄을 기다리며, 푸른 가지마다 일취월장새순과 솔방울의 성장의 자연과학을 일러주고 있는 깊은 뜻을 그 누가 알리. 학문의 전당을 지키는 소나무여! 사람들은 머물다 모두 떠나가도 너만이 대학을 지키고 있으니 내 너를 인송人松으로 부르련다.

소나무는 오덕五德을 지니고 있어도 뽐내지 않아 더욱 아름답다.

가난을 참아내고 몸이 아플 때 약이 되는 지혜를 알려주니 지智요, 사시사철 푸르러 변함이 없으니 신信이요. 어떤 어려움에도 굴하지 않으니 용勇이요, 줄기는 베어져 재목이 되어 주고 잎은 자연으로 돌아가 사랑을 담고 있으니 인仁이요. 척박하고 건조한 토양에서도 잘 적응하며 자라는 개척의 정신이 있으니 업業이요, 눈바람에도 견디고 위풍당당함을 잃지 않으니 엄嚴이다.

이처럼 인생이 지녀야 할 오덕五德을 일러주니 어찌 자랑스럽지 않는가. 오늘도 우리 민족은 소나무의 얼을 담고 살아가고 있어 그 정신이 더없이 값지다.

소나무여, 인송이여! 내 어이 너를 사랑하지 않을 수 있겠는가.

노간주나무

노간주나무 수정 후 암꽃의 모습

노간주나무 수꽃

노간주나무 암꽃

노간주나무 암꽃

수꽃을 기다리는 노간주나무 암꽃

노간주나무 수정 후 암꽃의 모습

●●● 노간주나무를 처음 보게 되면 향나무 종류로 착각하는 경우가 많다. 얼핏 보면 나무가 자라는 모형이나 생김새가 향나무처럼 생겼다. 가지에 달려 있는 열매의 모양도 유사하고 상처내서 냄새를 맡아보아도 향나무 향기와 비슷하다.

노간주나무는 소교목성이고 사철 푸른 침엽수로 가지는 짧게 자라며 위로 뻗는다. 수관 폭은 다듬은 듯이 좁게 다보록하게 곧게 자란다. 잎은 가지로부터 사방으로 어긋나 직각으로 자라는 점이 특징이다. 잎의 뒷면에는 흰 기공선이 있으며, 끝이 바늘처럼 예리하다. 멋모르고 손으로 움켜쥐었다가는 찔리는 바람에 깜짝 놀란다.

암 수나무가 각각 다르며, 꽃은 오월에 연한 황색으로 피고 화분은 노랗다. 열매는 둥글게 콩알처럼 자라고 이듬해에 흑자색으로 익는다. 열매는 향기가 있어 드라이진 술을 만드는 원료로 이용한다. 노간주나무 향기는 사람들의 마음을 정신적으로 편안하게 안정시켜주는 오묘한 마력이 있다.

향을 사용하게 된 것은 종교적 의식에 의한 행사에서 비롯되었음을 알 수 있다. 처음에는 나뭇가지나 나뭇잎을 불에 태워 훈향薰香으로 신에게 바치는 제사에 사용되었다는 것이다. 이를 통하여 향기로 병을 치료하는 데도 활용되면서 차차 향을 몸에 품고 다니는 풍습이 생기게 되었다. 이는 정신을 맑게 하여주며 몸을 청정淸淨하게 하였음을 알 수 있다. 이처럼 방향芳香은 종교의 의식에서 시작되어 오랜 역사를 지니고 있을 뿐 아니라 오늘날에는 의식주의 생활에까지 다양하게 활용되고 있다.

노간주나무의 생장은 더디며 수피가 다 벗어지고 한쪽만 남아 있어도 살아남는다. 이처럼 생장력이 강하여 분재 수목으로 선호하는 나무이다. 분재애호가는 화분에 심어놓고, 일부러 한쪽 수피를 교묘하게 벗긴다. 목재가 희고 치밀하여 고통스럽게 자라는 모형으로 만들어, 만고풍상을 겪은 고목으로 연출해 낸다. 노간주나무를 일명 두송杜松이라고도 부른다. 특히 석회암지대서 잘 자라며, 제천 단양지방에는 작은 군락을 이루고 있다.

어릴 때의 기억이 어렴풋이 난다. 아버지는 어느 이른 봄날에 나무를 한 짐 해오셨다. 갈퀴 나뭇짐에서 푸른 나뭇가지를 따로 빼놓았다. 그리고는 쇠죽을 끓이는 아궁이 앞에서 파란 잎이 달린 나뭇가지를 다듬어 낸 후, 나뭇잎을 불길에 밀어 넣으셨다. 순간 연기와 함께 타닥타닥 연달아 소리를 내며 향긋한 냄새가 나고, 불꽃이 치솟아 올랐다. 잎은 불길에 잘 탄다.

노간주나무 줄기를 다듬어 내어 둥그렇게 휘어 칡 껍질로 잡아매고는, 김이 모락모락 나는 쇠죽 끓는 솥뚜껑을 열고 그 속에다 넣었다. 얼마 후 끄집어내 껍질을 홀딱 벗기고 양 끝을 다시 작은 타원형이 되게 불길에 그을리며 서서히 휘셨다. 어지간히 마음에 들으셨는지 풀리지 않게 양 끝을 끈으로 꼭꼭 묶어 기둥에 걸어 놓으셨다.

어느 날 아침에 이웃 사람들이 모여, 훌쩍 큰 송아지를 도망가지 못하게 허리에 밧줄을 매어 나무에다 잡아 묶었다. 순식간에 송아지의 코를 뚫어 전에 만들어 두었던 타원형 나무를 끼웠다. 이 나무가 바로 코뚜레에 이용하였던 노간주나무이었다. 송아지에 코뚜레를 걸게 되면 이제부터는 꼼짝 못 하는 일소가 되는 과정이다. 어쩌면 사람이나 짐승이나 철이 드는 과정인지도 모르겠다.

예전에 시골 노인들은 산에 가서 노간주나무를 발견하면 귀하게 여겼다. 이 나무는 아무 곳에서나 자라지 않아 흔치가 않다. 특히 척박한 석회암지대에서 잘 자란다. 줄기는 매초롬하게 자라며 단단하다. 나무를 베어다가 물에 오래 담갔다가 껍질을 벗겨내면 매끄럽고 흰 색깔이라 지팡이를 만들어 짚으면 흰 모시 두루마기와 잘 어울렸다. 아들이 늙은 부모님께 지팡이를 만들어 드린다고 하여서 노가자老柯子나무라는 이름을 얻게 되었나 보다.

노간주나무 종류는 땅으로 누워서 자라는 해변노간주, 긴잎해변노간주, 노간주나무, 좀노간주나무가 있다. 노간주나무는 생울타리 또는 정원수로 이용한다.

옛날에 어떤 시골의 여러 부인들이, 모두 모여서 잔치를 베푸는 자리가 있었다 한다. 나이가 젊은 부인들은 제각기 마을 노부인들에게 술잔을 들어 올리는 향연이다. 한 노씨 성을 가진 사람의 아내가, 짙은 화장을 하고 향나무 옷장에 오래 두었던 옷을 화려하게 차려입고 옷 향기를 사람들에게 풍기며 잔을 받들어 올리게 되었다.

한 늙은 부인이 잔을 받으며 옷 향기를 맡고 말하기를, "노가자 냄새가 나는구나." 하였다. 대개 시골 부인들은 노간주나무 향내를 맡아보아 알고 있는 까닭으로, 이에 옷 향내를 노가자 냄새라 한 것이었다.

그런데 젊은 여인은 노가자(老柯子)라는 표현을 노가조(燥-남자의 성기) 소리로 잘 못 알아들었다. 노 씨 부인은, 늙은 부인이 자기를 흉보는 소리로 착각하였다. 부인은 마음속으로 홀로 부끄러워하며, 한참 동안 생각에 잠긴 끝에, 어른의 말에 대답하지 않을 수 없다고 생각하였다.

곧 입을 열어 말하기를 "제가 화장을 갖추고 떠나려 할 때, 저의 젊은 낭군이 장난으로 양물陽物을 내놓고, 저로 하여금 한번 쥐고 가라고 시키는 바람에 감히 마지못해 그에 복종했더니 이로써 냄새가 납니다." 하였다.

여러 부인들이 이 말을 듣고 정색하며 말하였다. "부인의 품행은 정결에 귀중함이 있거늘, 이 부인은 외설스럽고 방종하며 무례하다. 그러니 가히 더불어 같이 술을 할 수 없구나." 하고는 이내 좌중에서 밖으로 내쫓았다.

이에 노 씨 집 부인은 부끄러워하며 어쩔 줄 몰라 고개를 숙이고 물러나 집으로 돌아가고자 하였다. 이때 그녀의 몸종이 말하기를, "내가 한 꾀가 있으니, 원컨대 아씨는 급히 돌아가지 마옵소서." 하였다. 몸종은 방으로 들어가 여러 부인들 앞에 꿇어앉아 말하였다.

"청컨대 한 말씀 드리고서 물러가겠습니다." 하였다. 여러 부인들은 그가 하고자 하는 말을 물었다.

여종이 말하기를, "제가 본디 손금을 잘 보는데, 양물을 한번 쥐면 스스로 손금에 나타납니다. 두 번 쥐고, 세 번 쥠에 이르러

서는 더욱 숨기기 어렵습니다. 움켜쥐지 않았으면 또한 가히 저절로 구별할 수 있습니다. 원컨대, 여러 부인들의 손금을 차례로 바꾸어 가면서 봐 드리려 합니다." 하였다. 그러니 지금부터 여러 부인들은 내 앞으로 손을 내밀어 보시오.

다들 두려운 마음에 난처한 얼굴빛을 지으며, 손을 옷소매 사이에 오그라뜨리었다. 노인들은 모두 숨을 죽이고 가슴을 조이면서 아무 소리도 못 내다가, 천천히 말하였다. "앞서의 말은 농담일 뿐이다. 작은 과실로써 너의 아씨를 내쫓는 것은 잘못된 일이니, 의당히 다시 맞아들여라." 하였다. 여종이 다시금 그 아씨를 받아들여, 옛 자리로 돌아가서 앉게 하였다 한다.

이 이야기는 조선 시대의 고금소총에 나오는 글이다.

예나 지금이나 인생사를 힘들게 살아가고 있지만, 아무리 가난해도 해학과 재치로 어려움을 웃음으로 이겨냈으리라 생각된다.

산에 오르다가 노간주나무를 바라보면, 옛날에 읽었던 글이 생각나 저절로 웃음이 벙근다.

노간주나무 열매

노간주나무 열매

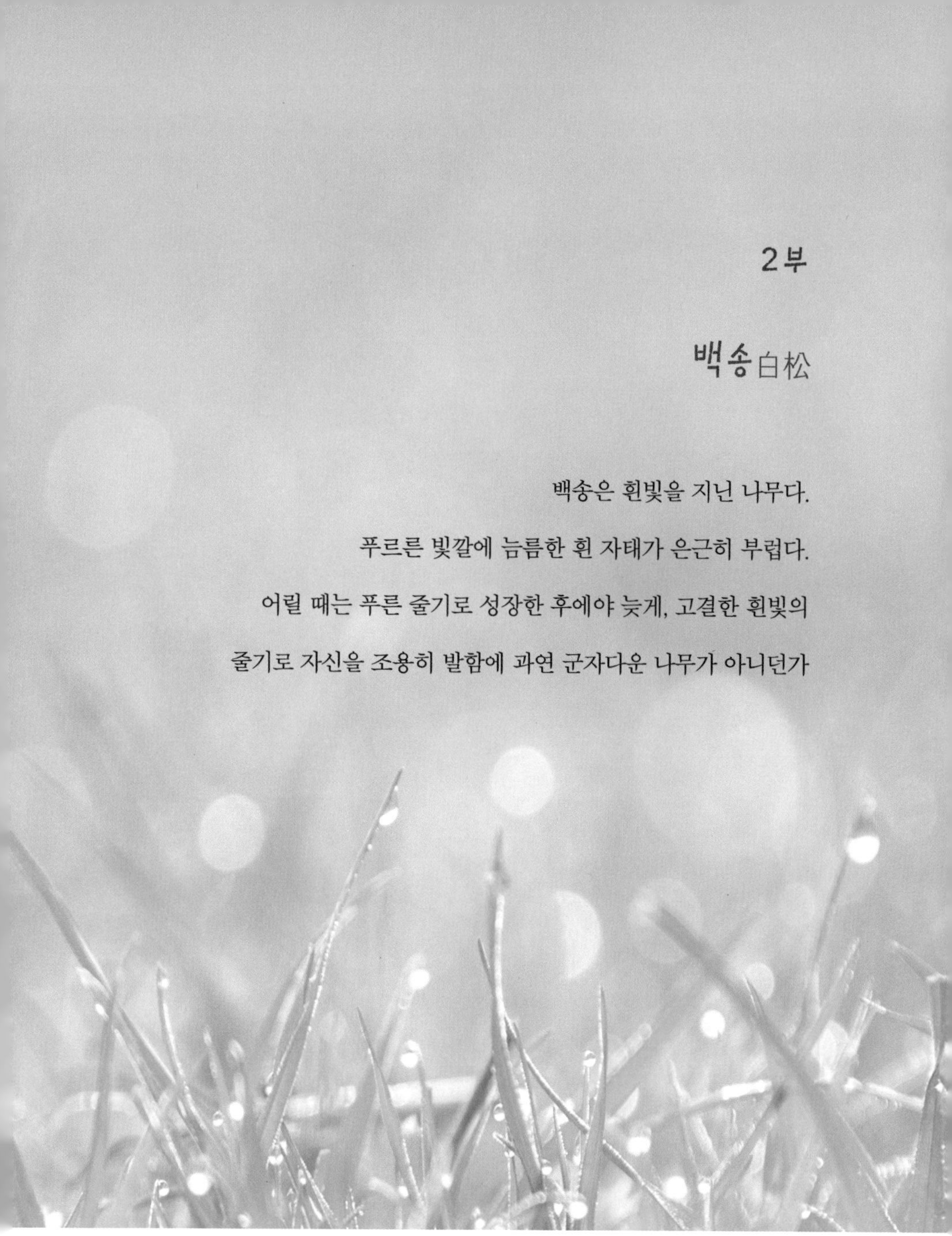

2부

백송白松

백송은 흰빛을 지닌 나무다.

푸르른 빛깔에 늠름한 흰 자태가 은근히 부럽다.

어릴 때는 푸른 줄기로 성장한 후에야 늦게, 고결한 흰빛의

줄기로 자신을 조용히 발함에 과연 군자다운 나무가 아니던가

백송 白松

백송 수꽃

백송 수꽃

백송 암꽃

백송 암꽃

백송 솔방울

백송 수꽃과 암꽃

백송

●●● 백송白松의 특징은 회백색 줄기이며, 삼엽속생三葉束生이다.

즉, 잎이 세입씩 묶여나 있다. 동양학에서 숫자 중에 삼三은 가장 안정감을 준다 한다. 셋의 의미는 천지인天地人이라 하였다.

백송잎을 가만히 들여다보고 있으면 마치 도덕경道德經 강의를 듣는 듯한, 생각이 든다.

도생일, 일생이, 이생삼, 삼생만물(道生一, 一生二, 二生三, 三生萬物)이 떠오른다. 도는 일을 낳고, 일은 이를 낳고, 이는 삼을 낳고, 삼은 만물을 낳는다.

우주에 있는 일체의 만물은 도생일道生一로 처음 만들어진 일一은 음陰과 양陽이라는 두 가지 성질을 가지고 있다고 하였다.

노자는 일생이, 이생삼, 삼생만물(一生二, 二生三, 三生萬物)이라며, 하나는 둘이 되고, 다시 둘은 삼을 만들어 내며, 삼은 더 많은 사물을 만들어 낸다고 했다. 세상에 음과 양이 조화를 이루게 되면, 음과 양이 변화하여 새로운 사물이 많이 생겨나도록 한다 함이다. 이로써 삼은 안정감이 있을뿐더러 많은 사물을 생산되게 한다.

삼은 하늘天, 땅地, 사람人을 나타내며, 이를 삼재三才라고 한다. 하늘은 빛을 주고 땅은 빛을 받아 싹을 틔우고, 천지지간에 사람이 이를 활용하라 함이며 인간답게 살다 가람이다. 이 깊은 뜻을 어찌 잊고 살아왔는가.

백송을 이런 의미로 바라보고 있으니 귀티가 나는 듯하다.

푸른 잎은 부챗살 모양으로 사방으로 벋어나간 위상이 당당해 보인다. 봄이 되면 굵은 밑줄기는 스스로 옷을 벗어버리기라도 하는 듯 껍질이 가지각색의 모양으로 떨어져 나간다. 어쩌면 조각가다. 어떤 연유에서 저리도 다양한 모습으로 세월을 벗어내는 걸가. 줄기는 연푸른빛 속살을 드러내 멋을 부리기라도 하는 양 얼룩덜룩한 무늬는 이채롭다. 더러는 회색빛 고운 색깔은 밝고 깨끗함이 고풍스러움에 시선을 끌어들인다. 나이가 들어가며 줄기의 수피는 서서히 회백색으로 변해 간다. 나이가 들수록 아름다움을 은근히 드러낸다. 그 의연함이 선뜻 대하기 어려운 선비라고나 할까.

백송은 중국 수종이다. 우리나라에 심겨지게 된 것은, 식재되어 있는 높은 수령의 나무로 따져 보면 600여 년경으로 추정하고 있다. 백송은 다른 나무보다 줄기의 미적 경관을 지니고 있는 점과 귀하다는 생각에서 조경수로 선호하는 편이다.

전국적으로 오래된 나무는 흔하지 않지만, 천연기념물로 지정되어 있는 백송도 몇 그루가 되지 않는다.

충북 보은군 보은읍 어암리에는 200여년 생 된 백송은 천연기념물로 지정되어 백색의 늠름한 고고함의 자태가 아름다웠지만 안타깝게도 수년 전에 고사되고 말았다. 마을에서는 안타까움에 이 나무의 후계목인 백송을 빈자리에다 다시 식재를 하였다. 이 나무가 무럭무럭 자라 머지않아 청백색青白色의 깔끔하면서도 고운 모습으로 고결한 백색 미감을 드러내어 주겠지. 천연기념물의 이름은 잃었지만, 그때 그 마음만이라도 전설로 남으리라.

백송은 오랜 연륜이 쌓아져야 그때 비로소 줄기가 흰빛으로 변하게 된다. 이는 풍진 세월 연후 고풍스러운 풍치이다.

백송의 솔방울은 2년이 되어야 성숙되어 가을에 익는다. 보통 솔방울만 한 크기로 달리지만, 인편이 두꺼우며 그 끝마디에 가시가 나 있다. 가시의 의미는 무엇인가. 헛트게 아무나 함부로 접근할 수 없음을 일러줌이다. 씨는 잣알처럼 인편 사이에 동그란 모양으로 두 개씩 들어있다. 한 개가 자리하기도 한다. 종피를 깨서 알맹이를 먹어보면 마치 잣을 먹는 느낌이다. 은근한 솔향도 밀려온다. 백송이 지니고 있는 태초로부터 이어져 내려오는 근본의 향일 게다. 솔방울 한 개에 씨앗은 10알에서 20알쯤 들어있다. 봄에 나무 밑에 떨어진 솔방울을 들여다보면 더러는 인편 속에 그대로 씨앗이 박혀 있는 것도 있다.

번식을 기다리는 자연의 섭리이다. 발아시키는 방법은 가을에 종자를 따서 약간 습기가 있는 깨끗한 모래흙에 묻어두었다가 봄에 파종한다. 씨를 뿌릴 때는 종자의 크기 두 배 정도의 흙으로 덮고, 건조하지 않게 짚이나 낙엽 등으로 습기를 보존해 준다. 빠르게 발아시키려면, 종자를 물에다 5일 정도 침지하였다가 파종하면 한 달도 안 가서 싹이 돋는다. 일반적인 종자의 파종 방법이다.

백송 씨앗을 흙 속에 묻고 난 후 한 달이 가까워서야 껍질을 뒤집어쓴 채 발아가 시작되었다. 딱딱한 껍질을 쓰고 뿌리줄기가 차츰차츰 자라면서 여러 개의 잎이 보이게 되었다. 껍질을 벋고 완전한 잎을 보게 될 때까지는 적어도 한 달 정도의 기간이 또 걸렸다. 이상하게도 밖으로 나온 자엽子葉의 수는 11개에서 12개로 자랐다.

백송 잎은 삼엽속생이라 하였지만, 어린싹이 돋아날 때의 수자는 다르다. 모수의 형태대로라면 3잎이 나올 줄 알았다. 그 이유는 알 수가 없었다. 아마도 성장과의 관계가 있는 게 아닌가. 잎이 많아야 빛을 더 받을 수 있어 광합성작용을 통하여 성장이 빠르게 할 수 있다는 이치를 터득하였나 보다.

내가 그동안 식물채집으로 겉은 대충 알아 왔고 그 외는 짐작이나 상식으로 미루어 생각했다. 종자를 파종하여 길러 봄으로 이제서야 겨우 새로움을 알게 이르렀다. 백문불여일견이라더니 배움이란 바로 경험이 제일임을 깨닫게 되었다.

뿌리는 직립형으로 잔뿌리가 많지 않아 이식이 어려운 편이다. 어릴 때부터 곧게 자라는 직근直根을 잘라 잔뿌리를 많이 파생시킨 후에 옮겨 심으면 된다. 종자를 구할 수 있으면 화분에다 파종하여 두면 집에서도 기를 수 있다.

봄에 화분에다 종자를 파종하고 발아하는 과정을 지켜봄이 즐겁다. 사람은 배신을 하지만 씨앗은 자신의 푸른 생명으로 희망을 주며 진실이 무엇인가를 깨닫게 하여준다. 마치 아기를 보살피는 마음과 다르지 않다. 이 나무가 몇 년쯤 되어야 흰빛의 줄기로 변해 가려나.

우리에게 주는 흰색의 색감은 순수함이며, 고결한 감성을 갖게도 하지만 어느 때는 쓸쓸함이나 슬픔을 떠올리게도 한다.

공자는 회사후소繪事後素라고 하였다. 그림을 그릴 적에는 먼저 바탕에 흰색으로 만든 다음 그림을 그려야 한다고 풀이한다. 또는 그림을 그리고 난 후에 흰색 칠을 한다는 뜻으로 해석도 한다. 사람이 살아가는 방법은 그림을 그릴 때 흰색의 사용방법에다 비유하였다.

이처럼 사람은 순박하고 착한 마음을 더한 다음 덕을 갖춘 후에 예禮로 살아가라 함을 가르쳤다.

백송은 흰빛을 지닌 나무다. 푸르른 빛깔에 의젓한 흰 자태가 은근히 부럽다. 어릴 때는 푸른 줄기로 성장한 후에야 늦게, 고결한 흰빛의 줄기로 자신을 조용히 발함에 과연 군자다운 나무가 아니던가.

소나무 2

소나무 암꽃

소나무 수꽃

소나무 수꽃

소나무 암꽃과 수꽃

소나무

●●● 바람이 일면 솔바람 소리를 듣고 싶고, 바람이 자면 솔잎이 지는 소리를 듣고 싶다.

바닷가에 가면 파도 소리가 좋고, 산에 오르면 솔잎에 이는 솔바람 소리가 좋다. 아마도, 소나무를 싫어하는 이는 아무도 없을 것이다. 소나무의 잎에서 묻어나는 청솔가지 타는 은은한 향기는 고향의 냄새가 묻어있는 것 같고, 생소나무에 배어있는 향기는 백의민족의 향내가 아닌가 싶다.

정송오죽淨松汚竹 즉, 깨끗한 땅에는 소나무를 심고 지저분한 땅에는 대나무를 심는다고, 소나무는 오염되지 않은 토박한 땅에서 자란다.

소나무를 바라보면 조선조 시대의 추사秋史 김정희의 세한도歲寒圖가 생각난다. 김정희가 윤상도尹常度의 옥獄에 관련되어 제주도로 귀양살이를 할 때 사제 간의 의리를 지킨 것에 감탄하여 이상적李常迪에게 스산한 겨울 분위기에 소나무와 잣나무가 서 있는 모습을 그려준 것이다. 추운 겨울에도 시들지 않는 사제 간의 마음을 표현한 지조와 절개를 담았음을 어찌 높이 사지 않을 수 있을까. 그림에서 소나무는 장수長壽를 뜻함이요, 영원을 뜻하여 송수천년松壽千年, 송백불로松柏不老라 하며 십장생十長生의 하나로도 삼고 있다

중국의 재정고梓丁固란 사람이 어릴 때, 꿈에 소나무가 배 위에 돋아났는데 해몽가가 말하기를 “송松은 한자로 풀이하면 십팔공十八公이니 십팔 년 후면 공公에 오를 것이다” 하여, 열심히 노력하니 18년 후에 재상의 벼슬을 했다고 전해온다. 이로부터 소나무의 꿈은 행운이 다가올 징조로 해몽을 한다.

조선 시대에는 사람도 아닌 소나무가 정이품의 벼슬을 받아 우대를 받으며 아직도 살아 남아 있다. 세조가 난치병으로 속리산 법주사의 약수를 마시러 가다가 가마가 소나무 아래를 지나게 될 때, 가지에 가마가 걸릴 것 같아 임금이 “연 걸린다.” 하고 소리를 지르니 소나무 가지가 번쩍 하늘로 쳐들려 무사히 지나갈 수가 있게 되자, 이를 기이하게 여겨 벼슬을 내리게 되었다고 전해온다.

소나무를 예로부터 묘지 주변에다 심어왔고 길흉화복에 연관을 시켜 왔으며 살아생전에는 소나무로 지은 집에 살고 죽어서도 소나무로 만든 관속에 담겨 땅에 묻히는 불가분의 인연이기도 하다.

조선 시대에는 소나무를 보호하려고 봉산封山과 금산禁山을 정하여 소나무를 함부로 베지 못하게 하고 『경국대전經國大典』, 「속대전續大典」, 「대전통편大典通編」에 송금제도松禁制度를 법령으로 만들기까지 한 것으로 보아 소나무를 귀하게 여겨왔음을 알 수 있다.

조선조 정조正祖임금은 부친인 사도세자를 수원으로 이장 후, 소나무를 심고 보호 관리를 하였는데 땔감이 부족했던 마을 사람들이 소나무를 베어가 밑동만 남게 되었다. 임금은 이런 폐단을 막기 위해 나뭇가지에 엽전을 매달아 두었다. 정이나 나무를 베어갈 처지라면 엽전으로 나무를 사라고 하는 뜻을 담아두자 나무꾼들은 깊이 감동하여 나무를 벨 수가 없게 되었단다.

옛날에 양송천梁松川이란 사람이 고을 원님이 되어 집을 짓게 되었을 때 목수는 상량하며 톱질을 하고, 송천은 친구와 더불어 그 아래에 앉아 술을 마시고 있는데 어디서 날아왔는지 솔 씨 한 알이 소반 가운데로 떨어졌다. 송천이 아이를 불러 동산에다 심으라며 "후일에 이 솔이 자라거든 베어다 관판을 만들 거라" 하였다. 옆에 있던 친구가 하는 말이 "그 솔이 장대하여 열매가 맺게 되면 씨를 따다 뿌려 자라거든 내 관재를 하리라" 하였다. 이를 듣고 있던 목장이 말하기를 "훗날에 두 분이 하세下世 후에 소인은 그 나무로 마땅히 두 분의 하관을 짜리다." 하여 두 사람은 박장대소를 하고 곡식 닷 섬을 가져와서 그 말에 대한 상을 주니, "슬프다, 사람의 운명의 짧고 길음이 어찌 사람의 입에 있으리오" 하더란다.

성주풀이에 보면 성주신과 솔 씨의 근본은 경상도 안동 땅 제비원으로 성주는 천상의 천군에 있다가 하늘에서 오는 제비를 따라 제비원에 들어가 숙소를 정하고 집짓기를 원하여 제비원에서 소나무 종자를 받아 산천에 뿌리게 되어 퍼지게 되었다고 전한다.

소나무 숲을 보면 나무 밑에는 풀 중에 김의털이 잘 자라고, 나무로는 진달래, 철쭉이 잘 산다. 소나무는 언제 어디서 보나 고고하면서도 선비 같다는 생각이 든다.

산에서 도를 닦는 사람은 솔잎을 먹고 산다고 하지만, 산촌에서는 송화가 필 때면 송홧가루를 받아다 다식을 만들어 먹는다. 한가위에는 솔잎을 따다가 송편을 쪄 먹고, 푸른 솔방울과 새순으로 술을 빚고, 송진을 내어 약재를 만들고, 솔가지를 쳐서 말려 두었다가 요긴한 땔나무를 만들기도 하였다. 관솔을 따다가 밤에는 어둠을 밝혔고, 그 외 황개피를 만들어 쓰기도 했다.

소나무의 쓰임새는 이뿐만이 아니다. 월악산에는 함지박, 체를 만드는 사람이 있었다. 이때 물건을 만들 때 쓰이는 끈이 솔뿌리였다. 소나무 뿌리는 삶아서 말려 두었다. 필요시에는 물에다 담갔다가 부드러워지면 사용을 하였다. 예전에는 산촌에서는 끈 대신 솔뿌리를 이용하여 왔다. 소나무 뿌리에는 송이가 자랐다. '송이밭은 부자지간도 가르쳐주지 않는다.'는 산촌 사람들의 하는 말이다. 예로부터 송이는 귀한 버섯이다. 송이를 따온 날은 풋옥수수를 따다가 갈아서 끓인다. 다음은 옹배기에 찬물을 가득 담고 그 위에서 구멍이 뚫린 바가지에 밀가루풀처럼 엉긴 옥수수풀을 부으면 톰방톰방 찬물에 떨어져 엉긴다. 마치 올챙이 모양이다. 옹배기 물에서 올챙이묵을 건져내어 그릇에 담고 그 위에 송이고명을 얹어서 먹던 별미의 보들보들함과 감칠맛이 나는 송이 향기는 안분지족의 즐거움을 안겨준다. 오랜 세월이 지났어도 감미로운 맛은 잊을 수가 없다. 이는 오직 산사람들만이 할 수 있는 향연이었다.

소나무가 죽은 뿌리에는 한약재로 귀히 쓰이는 복령이 자랐다. 복령을 캐러 다니는 사람들도 간간이 있었다. 가늘고 긴 철봉을 들고 다니며 땅속을 쑤시고 봉령을 감지하며 채취를 하였다. 더러는 복령을 곱게 가루를 내어 밀가루와 반죽을 하여 칼국수를 만들어 먹기도 하였다.

집을 지을 때의 목재로는 제일이며 거북선도 소나무로 만들어졌다. 일본의 법륭사法隆寺에 있는 국보 1호인 불상佛像도 소나무로 만든 거란다.

소나무 중에는 강원도의 금강소나무나 경상도의 춘향목이 유명하고, 숲으로는 충남의 안면도를 손꼽겠지만 강원도 영월의 청령포淸泠浦 소나무 숲도 빼놓을 수가 없다. 단종端宗의 슬픔이 서려 있는 곳으로 그 숲속을 거닐면 지난날의 아픔이 아직도 가슴으로 안겨 온다. 단종이 노산군魯山君으로 강봉되고 15세의 어린 나이로 유배되어 머물던 곳으로 아직도 수백 년 묵은 소나무만 말없이 서 있다. 소나무 숲속에는 노산군이 소나무 위에 올라가 놀았다는 육백 년 된 관음송觀音松이 오고 가는 이의 발길을 멈추게 하고, 비바람에 깎인 채 서 있는 금표비禁標碑 앞에 서니 더욱 마음이 저려온다. 서강西江의 물은 예나 지금이나 삼면을 가로막고 유유히 흐르는 물결 소리는 노산군을 모시어다 청령포에다 가두어놓고 서울로 떠나가던 전날 밤에 왕방연이 냇가에 앉아 읊었다던 시조時調 소리 같다.

『천리 머나먼 길에/ 고운 님 여의옵고/ 이 마음 둘 데 없어/ 냇가에 앉았으니/ 저 물도 내 안 같아서/ 울며 밤길 예노매라.』

노산군은 밤이 와도 잠을 이룰 수가 없었으며 밤은 깊어 삼경인데 달은 소나무 가지 사이로 밝고 어디서 우는지 두견새 울음소리만이 애절하게 가슴을 파고들었으니 그 심정 오죽하였을까.

노산군은 한 많은 그 마음을 이렇게 읊어 놓았다.

『달 밝은 밤 두견 울 제 수심 품고 누 머리에 지혔으니
네 울음 슬프거든, 내 듣기 애닯아라. 여보소 세상 근심 많은 분네
애어 춘삼월 자규루에 오르지 마소.』

하였으며 또한 이렇게도 적어 놓았다.

「한 번 원통한 새가 되어 임금의 궁을 남으로부터 외로운 몸, 짝 없는 그림자가 푸른 산속에 있도다. 밤이 가고 밤이 와도 잠이 깊이 아니 들고, 해가 가고 해가 와도 한이 닿지 않는도다. 우는 소리 새벽 묏부리에 끊이니 지샌 달이 희었고, 뿜는 피 몸 골짜기에 흐르니 지는 꽃 붉었도다. 하늘은 귀먹어 오히려 애닮은 하소연을 듣지 아니하시거늘, 어찌다 수심 많은 사람의 귀만 홀로 밝았는고.」라고 하였다.

청령포의 관음송아, 너는 노산군의 영혼과 함께 애닯아 솔 바람 소리로나마 오늘도 그렇게 울고 우느냐.

나한송 羅漢松

나한송 잎

●●● 우리나라에 자생하는 나무의 종류만 해도 천여 종에 이른다. 지구상에 자라는 나무들은 수천 가지가 될 것이다. 사람들은 이들 나무의 외관적 특징을 살려 그 이름을 붙여 부르고 있다.

나한송 잎

나는 학교 다닐 때부터 한국수목도감을 가까이하며 살아왔다. 그러면서도 그 나무들의 이름을 들을 적에는 생소한 때가 더러 있다.

지난 가을이었다. 약용식물을 전공한 노교수로부터 전화가 왔다. 수년 전에 보길도에 갔다가 심원위재深原緯齋라는 고택에서 민박을 하였단다. 정원의 금송나무 밑에 씨가 떨어져 자라고 있어 작은 묘를 몇 그루 뽑아 종이컵에 담아와 기르고 있다고 하였다. 몇 년을 길렀지만 아무리 봐도 금송은 아니라며 무슨 나무인지 알 수가 없다고 사진을 찍어 메일로 보내왔다.

금송은 아니었다. 도감을 꺼내서 침엽수 쪽을 살펴보았지만 비슷한 수종이 없다. 언젠가 꽃집에서 나한송을 본 기억이 떠올랐다. 인터넷에서 찾아보니 생각이 맞았다. 누구나 처음 보게 되면 금송과 나한송을 착각하기가 쉽다.

중국 식물로 일본에도 분포하는 상록수다. 수고는 5m 내외로 자라고 자웅이주임을 알게 되었다. 온대 수종으로 추위에 약하다고 되어있다. 꽃은 5월에 피며 수꽃은 황백색이다. 암꽃은 전년지의 잎겨드랑이에 1개씩 달린단다.

사진상으로 보는 열매가 특이하다. 열매는 큰 꽃받침이 있고, 가을이 되면 과탁은 붉게 익으며 그 끝에 청록색의 종자가 타원형으로 달려있어 마치 탑을 쌓은 모습이다. 열매는 열대지방의 맹그로브 나무처럼 태생종자胎生種子로 나뭇가지에 매달린 채로 발아가 되기도 한다니 더욱 관심이 갔다.

노교수는 가을에 나한송 2그루가 심겨진 화분을 선물로 주었다. 고마움과 30여 년간의 정리情理로 지내온 사이지만, 나무를 받은 감격한 순간을 어떻게 표현할 길이 없었다. 소중한 나눔의 의미를 다시금 깨달으며 분갈이를 하였다. 1그루씩 나누어 심었다. 줄기에서 돋아난 가지를 보니 적어도 8, 9년생은 된 듯싶다. 키는 35cm 정도 자랐다. 한그루는 크고 작은 가지가 6개고, 또 한그루는 10가지가 사방으로 뻗쳐나 있다. 한눈으로 보아도 마디게 자란 듯싶다. 화분에서 자란 탓도 있겠지만, 생태적인 특성인 것 같다.

잎이 매력적이다. 제멋대로 곡선을 이루며 늘어진 짙은 녹색의 잎이 눈길을 끈다. 이파리 수를 세어보니 한그루는 135잎이고, 한그루는 156잎이 달렸다. 잎잎이 어긋나게 한 잎씩 줄기에 달려있다. 잎 모양이 마치 유엽도 같기도 하고, 조붓한 수양버들잎 같다고나 할까.

줄기를 살펴보니 이 잎들은 어릴 때부터 돋아나온 그대로 매달려 있는 잎사귀 같다. 아마 수년간 잎갈이를 하지 않는 상록수 그대로다. 이런 점이 다른 나무에 비해 특이하다.

침엽수 잎치고는 폭이 제일 넓을 듯싶다. 잎은 약간 도톰하며 거치가 없고 길쭉하다. 매우 부드럽고 날렵한 은장도를 닮았다. 얼핏 보면 앞뒤가 없는 나뭇잎과도 같다. 처음 대하면 구분이 잘 가질 않는다. 그러나 자세히 보면 뒷면이 옅은 연둣빛이 돈다. 주맥은 앞면 뒷면으로 도도록하게 돋아나 곧게 벋어 나갔다. 새로 돋아나는 잎은 꽃을 연상시킬 만큼 은은한 연두색 빛깔로 시선을 끌어들인다.

침엽수식별만은 다 안다고 은근히 속으로 자부해 왔건만 내 어찌 나한송을 이제서 알게 되었단 말인가.

나한송은 전라도 소흑산도에서 아무도 모른 채 외롭게 300년을 홀로 살아왔다. 그 누구도 알지를 못하고 있었다. 다행히 1993년 6월에 김철수 교수(목포대 한국 생태학)가 식물조사에서 나한송을 향리 성황당에서 처음으로 발견하였다. 이로 인하여 나한송이 최남단 섬에서 자생함이 밝혀졌다. 소흑산도 섬 북서쪽에 있는 우리 산야에도 자생함을 발표했다. 이제까지는 중국, 일본 식물로만 알고 믿어왔었다. 이를 뒷받침하듯 두 번째로 나한송이 가거도 독실산에서 자생함을 주민들에 의해 또다시 발견되었다. 2015년 5월에 수령이 200년 된 나한송 3그루가 자라고 있음을 고경남(식생, 토착문화 가거도 출장소장)씨에 의해 확인되어 국내 유일의 자생지로 알려졌다.

1990년대 이전에 만들어진 한국 식물도감들은 나한송이 기록되어 있지 않다. 이렇게 아름다운 수종이 우리나라 산하에 자라고 있음이 자랑스럽다. 하마터면 외래수종으로 관심 밖으로 밀려날 뻔하였던 나한송은 마땅히 천연기념물로 지정할 만한 나무이다.

나한송! 그 이름은 어떻게 붙여졌을까. 그 유래는 알 수가 없다. 중국에는 절 마당에 많이 심겨져 있다. 많은 나무들이 있지만 하필이면 나한송을 심었을까? 불교와 연관된 나무가 아닐까 하는 생각이 들었다.

불교 사전을 보면 깨달음에 이른 사람을 아라한阿羅漢이라고 한다. 아라한은 인도 빠알리어로 '고귀한 사람'을 뜻한다. 불교 수행자들이 지향하는 최고의 성자다. 즉 우리의 생각과 감성을 흔드는 '탐욕, 분노, 교만, 어리석음'과 같은 번뇌를 제압한 사람이다. 아라한은 이러한 번뇌들을 완전히 이겨낸 최고의 성자로 성인聖人 중의 성인이다. 더 이상 깨달을 게 없는 이런 사람을 아라한이라고 한단다. 아라한의 준말로는 나한羅漢이라고도 한다고 하였다.

누군가가 절 앞에 서 있는 나무를 나한으로 여겨 최고의 의미를 담은 변함없음을 느끼게 된 것이 아닐까. 이에 수종 중의 소나무를 닮아 송자를 붙여 나한송이라 부르게 되었을 것 같다는 상상을 나름대로 해본다.

이러고 보면 나한송羅漢松은 결국 더 이상 깨달을 게 없는 나무라는 의미가 아닌가. 즉 깨달은 나무이다. 묵묵히 더디게 자라는 한결같은 그 모습은 묵도를 하며 서 있는 성자 같은 나무다.

오늘은 나무뿌리를 촉진시키려고 막걸리를 희석하여 한 컵씩 주었다. 얼마 후에 바라보니 나무가 술에 취하였는지 춤을 추는 듯 이파리들이 보인다. 유리창으로 새어드는 햇빛 때문인지 아무리 바라봐도 푸른빛깔이 은은하게 생기가 돈다. 나도 덩달아 정에 취하고, 나한송 사랑에 이끌려 눈길을 뗄 수가 없다. 여러 날을 두고 술에 취하게 만들었다.

그런 탓일까. 입춘이 오기도 전에 정아에서 잎눈이 터져 뾰족하게 연둣빛이 내밀었다. 앙증맞다 하는 표현을 이럴 때 해야 맞을 것 같다. 일찌감치 봄을 맞는 기분이다.

지난해 자란 연약한 연청빛 줄기가 면도날로 세로縱線로 그어 놓은 듯 여러 갈래로 상처가 나 있다. 이게 웬일일까. 두 나무가 다 그렇다. 깜짝 놀라 확대경을 대고 아무리 들여다보아도 이유를 알 수가 없다. 노교수가 기르는 나무도 그런가 하고 물어보니 의아해한다. 잠시 나무를 살펴보고는 그 나무도 그렇다고 한다. 추측으로 줄기 생장을 하는 생리현상인 듯싶다.

2년 전에 자란 줄기를 살피니 그곳에도 터져서 갈라진 상처가 아무른 흔적이 가늘게 콜크층을 형성하였다. 처음 보는 일이다. 꼭 여인들이 임신을 하였을 적에 살이 트는 모습이다. 어서 5월이 되어 꽃이 피어 열매가 맺는 신기함도 보고 싶다.

나한송이여! 어떻게 하면 너처럼 깨달을 수 있니. 푸른 빛 여유로움으로 느릿느릿 살아가는 경지를 배우고 싶다.

측백나무

측백나무 암꽃

측백나무 수꽃

측백나무 수정 이후 암꽃 모습

측백나무 열매

●●● 강물 위에 낚싯배가 한가로이 떠 있다. 바람이 불 적마다 잔물결을 일으키며 석양 노을에 흔들리는 모습이 여유롭다. 주인은 어디 가고 백로 한 마리가 목을 앞가슴에 파묻고 졸고 있다. 강물은 말없이 흐르고 강산은 예나 다르지 않거늘 인생은 어찌 쓸쓸히 어디로 떠나가는가.

바라다보이는 산기슭의 공동묘지에 측백나무가 여기저기 서 있다. 묘지 부근에는 왜 측백나무를 심는 것일까. 아마도 나무가 특유의 향기를 지니고 있어 벌레가 꼬이지 않아 심게 된 것이 아닌가. 측백나무는 다른 나무에 비해 잎이 특이하다. 손바닥을 펼친 것처럼 납작하게 측면으로 자라고 있어 그 연유로 이름도 모습대로 붙여진 듯하다.

잎의 모양을 자세히 들여다보면 비늘 모양의 작은 잎들은 기왓장을 포개어 맞물려 이어져 가듯이 되어있다. 끝은 약간 뭉긋하여 만지면 보드랍다. 열매는 뿔이 사방으로 솟아난 것처럼 생겼다. 푸른 잎에 마치 도깨비방망이가 다닥다닥 붙어있는 것 같다. 어릴 때는 열매를 따서 씨를 꺼내어 먹기도 하였다. 그 맛은 잘 기억되지 않지만 약간 떫은맛의 느낌이 들었던 생각이 난다.

바람에 흔들리는 가지를 바라보고 있으니 설악산 대청봉 부근에서 보았던 눈측백나무(찝방)가 눈에 어른거린다. 그 모진 찬바람을 이기며 낮게 누운 듯 자라고 있는 이유에서 그 명칭이 주어졌나보다. 눈측백나무와 측백나무는 그 형태는 같으나 수종이 다르다. 수종을 식별할 때 잎과 열매를 보면 쉽게 구분이 된다. 잎의 뒷면은 하얗게 서릿발이 낀 듯 특이하게 보인다. 잎의 모습은 마치 돛단배처럼 포개져 자라라고 있다. 눈측백잎이 돛이라면 대청봉은 돛배가 아니던가.

시경詩經 용풍鄘風에 나오는 백주柏舟를 타고 황하를 내닫고 싶다. 그 백주柏舟, 栢舟는 어떤 나무로 만든 배인지 의문점이 생긴다. 옥편을 보면 백栢은 백柏의 속자로 나무 이름 백자로 되어 있음을 알았다. 중국은 측백나무에 해당함의 한자이다. 중국에는 수천 년 된 측백나무들이 사원 주변에 수두룩하다. 백주는 측백나무로 만든 배일까, 잣나무로 만든 배일까? 직접 확인하여 본 사람도 없으니 삼천 년의 나무의 해석이 어떤 나무로 만든 배인지 추측에 의할 뿐이다.

우리나라의 한학자는 백주柏舟를 풀이할 때 잣나무로 만든 배로 해석함으로 누구든 그렇게 알고 있다. 그러나 식물 분포학적으로 보아 측백나무인 것으로 해설하고 있는 사회학자도 있다. 아무래도 시대의 지역적 식물 자생이나 이용학적으로 예측함이 옳을 듯하다.

이로보아 중국의 고전은 잣나무보다는 측백나무로 만든 배로 해석함에 따르고 싶다. 중국에는 측백나무가 흔하지만, 우리나라 산야에는 그다지 흔한 나무는 아니다. 충북 단양지방의 석회암지대의 산야에는 작은 군락을 이루고 있으며, 그 외 대구 도동, 안동, 달성, 영양, 등지에서 자생하고 있다.

시경詩經 용풍鄘風에 나오는 백주를 읽어 보면
汎彼柏舟 在彼中河(범피백주 재피중하)
두둥실 측백나무배가 물 가운데 떠 있네
彼兩髦 實維我儀(담피양모 실유아의)
머리를 늘어뜨린 저 더벅머리 총각이 진실로 나의 배필이었으니
之死 矢靡他(지사 실비타)
죽어도 딴마음 안 가지리다
母也天只 不諒人只(모야천지 불량인지)
어머님은 하늘 같으신 분이신데 어찌 저를 몰라주시나요.

한 번 쏟은 사랑하는 마음의 변치 않음이 가슴을 울리게 한다.

아직 출가하지 않은 처녀의 약혼자가 죽었고, 그 여자의 어머니는 다시 다른 남자에게로 출가시키려고 하지만 처녀는 죽은 약혼자를 잊지 못함이다. 다른 남자에게는 죽어도 시집가지 않겠다는 여자의 마음을 읊은 시로 읽혀진다.

측백나무배를 인용한 심정은 사철 푸르고 수명이 긴 나무에 비유하여 자신의 품은 정절을 담아내고 있다. 측백나무를 바라보며 여인의 애절한 마음을 느낀다. 이로 하여 백주지조柏舟之操라는 고사성어까지 전해지고 있다.

측백나무는 다른 나무보다 민간 요약으로 널리 알려져 왔다. 어릴 때 넘어져 무릎에 상처가 나면 측백나무 잎을 따다가 짓찧어 붙이면 피가 멈추고 쉽게 아물었다. 씨는 백자인柏子仁이라 하여 한약재로 이용되고 있다. 이 나무의 잎과 목재에는 침엽수 고유의 향기를 지니고 있어 향내를 맡으면 머리를 맑게 한다. 목재를 보면 무늬가 곱고 정교하며, 은은한 향내를 풍기고 있어 정감이 간다. 흔치 않은 나무로 목재로는 많이 이용되지 못하였지만, 그동안 묘목을 생산하여 풍치목 또는 학교나 사원의 생울타리를 조성하는데 사용되어 왔다.

나무의 번식은 삽목도 되며, 종자를 따서 파종도 한다. 발아가 잘되는 편이다. 열매는 가을에 누른빛이 돌기 시작할 때 따서 그늘에다 말리면 봉합선이 갈라져 들깨알 크기의 씨앗이 쏟아진다. 열매에는 보통 2~5개의 씨가 들어있다. 파종하기 전에 깨끗한 물에 4~5일 침지한 다음에 씨를 뿌리면 10일 전후가 되어 발아를 한다.

흙을 뚫고 나오는 모습이 귀엽다. 어떤 씨는 꼿꼿하게 어떤 씨는 고개를 꼬부리고 올라와 차츰차츰 씨껍질을 벗어버리면 잎은 마치 기지개를 켜듯 양팔을 벌리는 모양의 2잎이 된다. 4주쯤 지나면서 서서히 여러 개의 속잎이 묶여져 나온다. 그렇게도 작은 씨앗에서 자라나는 생명을 들여다보고 있으면 시간 가는 줄도 모른다. 봄볕에 알게 모르게 커가는 파란 줄기를 보면 새로운 희망의 꿈을 꾸게 하는 마음을 요동치게 한다.

삼杉나무

삼나무 암꽃

삼나무 수꽃

삼나무 씨

삼나무 열매

청주 우암산 용화사 수련원
도량의 삼나무

●●● 1950년대이다. 우리나라 마을 주변 산은 온통 민둥산이었다. 여름에 소낙비가 내리면 해마다 산사태로 시달렸던 때가 있었다. 다행히 60년대에 이르러 국가적으로 대대적인 사방공사와 조림사업이 시행되었다. 1973년부터 제1차 치산녹화사업 10개년 계획으로 황폐되었던 산지는 푸르러 가기 시작하였다.

나는 83년도 일본에 갈 기회가 있었다. 닛코日光지방의 수백년 묵은 몇 아름이 넘는 삼나무들로 이루어진 숲은 잊을 수가 없다. 대나무처럼 쪽쪽 곧은 사십여 미터 높이의 나무들은 기밀다웠다. 어떻게 이처럼 자랄 수가 있을까. 은은하게 밀려오는 삼나무의 향내는 온 정신을 맑게 만들었다. 숲의 아름다움에 매료되어 발길이 떨어지지가 않았었다. 삼나무 통째로 반듯반듯하게 지은 집들도 탐이 났었다.

86년에는 교토京都지방에서 머물렀던 때가 있었다. 교토대학 조원학 연구실에서 산림박물관 견학을 갔던 때다. 삼나무로 만든 다양한 목공예 품과 생활용품들을 관람하였다. 예술인들의 솜씨가 참으로 놀라웠다. 감탄하여 '손으로 쓴 예술'이란 책을 샀었다.

가난하던 내 어린 시절 아버지는 장날이면 황개비와 당성냥을 사 왔다. 황개비로 어둠을 요긴하게 밝히던 기억이 아련하다. 요즘 젊은이들은 그 단어조차 들은 바가 없을 것이다.

어느 날은 아버지는 장에서 주먹만 한 노란 황덩어리를 사 들고 오셨다. 꼭 딱딱한 송진 덩어리나 비슷하였다. 무엇을 하는데 사용하려는 걸까. 궁금하였다. 며칠 후 할머니 산소 옆에서 자라던 손목보다 몇 배 더 굵은 소나무를 베어오셨다. 마당가에서 나무껍질을 모두 벗겨내니 하얀 속살이 드러났다. 울안이 향긋한 소나무향기로 가득했다. 속껍질을 입에 대니 감미로움이 혀끝에 느껴온다. 늦은 봄이면 소나무 상순에 물이 오르면 꺾어서 겉껍질을 벗겨내고 하얀 속살을 먹었던 기억이 떠올랐다. 이를 송곳내서 만들어 먹는다고 표현하였다.

아버지는 껍질이 벗겨진 나무토막을 담에다 비스듬히 기대 놓고는 낫으로 정성 들여 길쯤하게 종잇장만큼이나 얇게 빗어 내셨다. 그리고는 한쪽 끝을 뾰족하게 만드시고는 싸리나무발 위에다 나란히 펴서 양쪽 끝이 말리지 않게 긴 막대기로 눌러 가을볕에 말렸다. 속살이 하얀 빛깔은 아름다운 무늬로 발그레한 빛을 발하기도 하였다. 그제서 짐작이 갔다. 며칠 동안 말린 후에 마당가에 화롯불을 내다 놓은 후, 숯불 위에 금이 간 사발을 올려놓고 유황 덩어리를 녹였다. 바싹 마른 하얀 소나무 개피는 마치 기다란 장닭 꼬리 모양이다. 소나무개피의 뾰족한 끝에다 유황물을 묻혀 놓으니 영락없이 장에서 사 오던 황개비가 되었다. 이렇게 만들어 이웃과 정을 나누며 살았다.

우리나라는 50년대만 하여도 시골은 이런 삶으로 살아가던 시절이었다. 어릴 적에 맡던 향긋한 소나무 향내며, 파란불이 일어나던 유황이 타는 냄새는 숨 막히게 답답했다. 향기로운 향내를 싫어하는 사람은 아마도 아무도 없을 것이다. 향기 중에는 식물로부터 풍겨지는 향이 제일 향기롭고 자연스럽다.

나는 향기 중에서도 침엽수에서 풍기는 향내를 좋아한다. 그중에도 일본에서 처음으로 맡았던 삼나무향기는 잊히지가 않는다.

우리나라 산야는 60년 이후 인공조림으로 아름다운 숲이 조성되어 진 곳이 많다. 그 수종들 중에서도 제주도 지방에 식재된 삼나무 숲은 가장 인상적이다. 삼나무는 따듯한 남부지역에서 잘 자라지만 우리나라 자생종은 아니다. 이 나무는 1900년경에 일본으로부터 도입된 수종으로 알려져 있다. 삼나무는 침엽으로 상록수이며 곧게 자라 울창한 숲을 이룬다. 제주지방에서는 조림도 하였지만, 밭가에는 방풍림 역할로 식재되기도 하였다.

삼나무 꽃은 이른 봄에 암꽃과 수꽃이 한 나무에 같이 피는 자웅동주이다. 풍매화로 꽃가루가 바람에 날려 수정이 이루어진다. 봄이 되면 꽃가루가 많이 날려 인체에 아토피 피부염으로 피해를 주고 있어 신경이 쓰이는 나무다. 소나무꽃가루는 송화다식을 만들어 먹지만, 삼나무꽃가루를 먹는다는 이야기는 들어보지 못했다. 삼나무는 숲은 피톤치드를 생성하여 삼림욕에 유요수종으로 알려져 있다.

한국에는 소나무 문화가 있다면, 일본은 삼나무 문화로 비교할 수가 있다. 소나무는 건조하고 산성 땅에서 잘 견디며 자란 강인한 나무이다. 삼나무는 습한 지역에서 수고도 몇 배 이상 자라지만 목재는 연약한 나무이다. 임진왜란 당시 이순신 장군은 소나무로 만든 12척 배로, 일본의 삼나무로 만든 130여 척의 배를 물리쳤다. 이처럼 삼나무보다 소나무는 옹골차고 야무지다.

조선왕조실록을 보면, 삼杉나무에 관한 표현이 등장한다.
그 내용들은 이러하다.

성종 19년(1488년), 전前 사직司直 최부崔溥가 수차水車를 만들어 바쳤다는 기록으로 그 제작하는 나무로 기계에는 삼杉나무를 쓰고 있다고 하였다. 연산군일기(1503년)에는, 새길 따라가는데 삼杉나무 회檜나무가 울창하여 땅에 풀이 나지 않아 이틀 밤을 지나서 말에게 모두 나뭇잎을 먹이게 되므로, 사람과 말이 지치고 쓰러진다는 보고도 있다.

중종 28년(1533년), '신南孝義이 경사에 갈 때 잇가나무伊叱可木에 대하여 확실히 알아 오라는 전교가 계셨는데, 경사에 도착하여 물었더니 아는 이가 없었고 서반들 말로는 그것이 필시 삼목杉木일 것이라고 하였습니다.' 신이 이곳에도 있느냐고 물었더니 있다고 대답하기에, 명의名醫에게 물었더니 그는 '삼목은 진液이 없는데 이것은 진이 있는 것으로 보아 필시 회목檜木일 것이다.' 하였고, 태의사太醫司에 물었더니 그들 역시 서로 이것이다 저것이다 하면서 의견이 일치되지 않았으므로 분명한 해답을 얻을 수가 없었습니다.라는 상고도 있다.

조선 숙종 39년(1713년)은, 백두산과 어활강의 중간에는 삼나무杉樹가 하늘을 가리어 해를 분간할 수 없는 숲이 거의 3백 리에 달했다는 내용이다. 정조(1793년)을 보면, 화전터를 답사해 보면 삼杉 나무나 회檜 나무가 벌써 아름드리 자라 있는 경우가 많다는 상소문도 있다.

조선왕조실록에 나오는 삼나무의 표현은 어느 수종을 지칭하는지 정확하지가 않다고 여겨진다.

중부 이북 지방에서 자생하는 잎갈나무, 분비나무, 가문비나무, 종비나무 등을 지칭하였거나 전나무로 그 구분이 명확하지가 않았던 것으로 생각된다. 식물분포 상으로 살펴보아도 일본 삼나무는 아님을 알 수 있다.

청주 우암산 기슭의 용화사 수련원 도량에 40년은 되었을 삼나무가 심겨져 자라고 있다.

애기잣나무

잣나무의 종자에서 나무로 탄생하는 과정

●●● 새싹 얼굴은 꽃샘바람을 맞는다. 귀엽게 미소 짓는 여리디 여린 네 이름을 애기잣나무라 부르련다.

추위에 오돌오돌 떨다가 왈칵 울음을 터트릴 것 같다.

봄이라고 발아는 하였지만 믿을 수 없는 날씨가 시샘을 할까 봐 보는 마음이 조마조마하다.

청명한 봄 날씨. 따스한 햇볕에 돋아나 찬바람에 몸을 움츠리건만, 너는 어이 겁도 없느냐. 멋모르고 발아한 새싹은 너무 연약하여 한해寒害를 입을까 조심스럽다. 네 이름 세한연후歲寒然後의 잣나무라 하지만 그리도 연하디 연한 몸매는 나무라는 이름을 얻기는 아직도 멀었다. 어쩌자고 흙을 뚫고 바늘잎을 치켜세웠느냐.

깊이 잠든 너를 봄인 것처럼 속여 조건을 만들어 휴면을 타파하게 함에, 생육 과정을 촉진시켜 선잠을 깨웠나 보구나. 잠들어 있는 줄 알면서 너를 흔들어 깨움이 미안하다.

가녀린 줄기는 여나무개 이파리를 달고 서 있는 모습이 꼭 어린 아기 같다. 고사리손처럼 벌어지는 연녹색 파란 바늘잎이 활기차게 가닥가닥 갈라져 푸른 하늘로 펼쳐놓은 조심스런 형상이 어찌 이리도 앙증맞으냐.

잣나무 잎은 다섯 개인데 너는 누구니. 네 모습은 어이 부모를 닮지 않았니. 유묘의 어린잎을 세어보니 열하나, 어떤 것은 열둘, 어떤 이파리는 열셋이나 되는구나. 참으로 신기하고 어리둥

절해 온다. 어찌 부모의 유전성을 따르지 않는 이치가 무엇이냐.

나이가 한 살도 안 된 애기잣나무야. 너를 통해 배병胚柄이 무엇인가도 처음으로 알게 되었다. 애기 탯줄과 같은 역할을 하는 거였겠지. 너의 배꼽도 훔쳐보았다. 어찌 이리도 어린 아기가 태어나는 우리네 인생과정이나 흡사하냐. 네가 자라는 모습을 바라보고 있으니 우람한 잣나무 숲속에 들어와 서 있는 느낌이란다.

너는 다른 식물이 자라지 못하게 하는 타감작용他感作用 방법의 재주를 어떻게 부릴 줄 알며, 피톤시드를 발산하여 네 몸을 보호할 줄 아는 삶을 어찌 알아냈더냐. 사람들은 너로 하여금 건강을 누리며 살아간다. 고마운 잣나무야.

너는 앞으로 20여년은 자라야 꽃을 피우겠지. 봄이면 네가 피우는 수꽃은 쉽게 볼 수 있으나 암꽃은 보기가 어렵더구나. 네 특징은 상순에서만 꽃피우는 어떤 이유라도 있더냐. 내가 생각하는 뜻이 맞는지 모르겠으나, 그 비밀은 풍매화로 바람을 많이 받고 싶어서더냐? 영양분의 통로가 제일 잘 이뤄지고 빛을 잘 받을 수 있기 때문이더냐?

생물학자들이 네가 피운 꽃을 꽃이 아니라고 우기는 사람들이 있더구나. 꽃잎도 꽃술도 없다고 네 생식기관을 암구화수雌毬花穗 암꽃, 수구화수雄毬花穗 수꽃라고 하더라. 한글과 한자를 혼용해서 사용하는 표현이 정말 어리둥절하다. 자雌는 이미 암컷의 뜻을, 웅雄은 수컷의 뜻을 담고 있다.

차라리 자구화수 웅구화수로 표현해야 될 것이다. 어쨌거나 꽃은 꽃인 줄 알면 되지 혼동을 시킬게 뭐냐며 어리석다고 비웃는 잣나무 웃음소리가 들리는 듯하다.

학자들이 주장하는 학설도 맞는다 하겠지만, 자연의 번식과정을 크게 나누어 생각할 때 수정을 이루는 생식기관인 암꽃 수꽃이 아니던가.

모든 식물은 봄이 오면 꽃을 피우기 시작한다. 암술과 수술이 따로 되어 피는 꽃單性花이 있고, 암술과 수술이 함께 피는 꽃兩性花도 있다고 배웠다. 한 나무에 암꽃과 수꽃이 함께 피는 나무雌雄同株가 있는 반면, 암꽃과 수꽃이 따로 피는 나무雌雄異株도 있음을 알았다. 잣나무는 암꽃과 수꽃이 함께 피는 자웅동주의 나무가 아닌가.

애기잣나무야, 네게 묻고 싶은 말이 또 있다. 너는 꽃이 수정되고 나면 그 이듬해 가을에 가서 열매가 성숙되어야 할 이유가 있느냐. 그 연유가 무엇이더냐. 다른 나무들은 당년이면 열매를 맺더구나.

칠월이 되면 네가 정성들여 맺은 씨앗을 채 익기도 전에 안타깝게도 청설모가 모조리 따서 알맹이를 까먹더구나. 그 동물 모습을 보면 정말 얄밉더라. 바라보는 사람의 마음도 아프던데 네 속은 얼마나 쓰리겠니. 너는 그 와중에도 살아남아 잣나무의 이름을 계승하는 영광을 누릴 수 있는 씨앗에서 탄생한 새싹이기에 더 소중해 보인다.

네가 자라서 어느 산에 심겨지게 될지는 모르지만 우람한 잣나무가 되려면 얼마나 많은 세월을 두고 이 풍진세상을 살아가야 한다는 고통을 알고 있니. 인생의 삶이나 자연의 삶이 다르다고 말하겠지만 어찌 다를 수가 있겠니. 자연의 모든 이치는 일생일사一生一死의 순리가 아니던가.

인생은 칠십 고래희古來稀라 하지만, 잣나무는 천년 수명을 누릴 수 있지 않은가. 내 나이를 따져 본들 무엇하나. 애기잣나무와 놀다 보니 세월이 오고 가는 줄도 모르겠다. 윤삼월 부는 바람은 연녹색 잣 줄기에 머물고 푸르른 잎에 머무는 한나절 봄볕은 따스하여라.

곱고 고운 귀여운 네 모습이 참으로 사랑스럽다.

금송

금송 암꽃

금송 수꽃

금송 암꽃

금송 열매

●●● 지구상에는 많은 생명들이 살아가고 있다. 생명이란 살아있음을 증명하게 된다. 춘하추동이 있어 생물은 태어나면 자라게 되고, 꽃이 피면 열매를 맺게 된다. 식물은 겨울이 오면 죽기도 하고 봄이 되면 다시 씨가 생명으로 태어나 번식하고 종족을 보존하며 환경에 따라 정착하여 자라게 된다. 수많은 식물 수종들은 나름대로 의미를 지니며 살아간다. 이들 식물 중에 금송(高野槙-고야마키)은 하필이면 일본에만 자생종으로 태어나게 되었을까.

금송은 세계 삼대 조경수로 알려져 있는 나무이다. 언제 누가 정하였는지는 모르지만 어쨌든 조경학책에 수록되어 있다. 나무의 성장 과정을 살펴보면, 생장이 느리고 늘 푸름을 자랑한다. 어린 묘목은 오 년, 십 년, 십오 년 이십 년의 나이에 이르기까지 원뿔형으로 자라는 풍치는 상록의 우아한 자연미를 담고 있다.

많은 침엽수 종류 중에서도 금송 잎은 가장 독특하다. 잎이 두툼하고 뒷면은 노란빛깔의 연한 황금빛이 담겨져 있는 하얀빛이 도는 줄무늬가 일직선으로 나 있다. 마치 촘촘한 우산살을 펼쳐놓은 듯, 두 잎씩 묶여져 열대여섯에서 사십여 개의 이파리가 원형을 이루어 소담스럽게 꽃 송아리처럼 피어나 경관미를 깔끔하게 담아낸다. 무엇보다도 음지에서도 잘 견딘다는 장점도 있다. 아마도 이런 점에서 삼대 조경수로 뽑히게 되었다는 생각이 든다.

그러나 금송은 일본 특산 수종이다.

일본은 이웃 나라이지만 가깝고도 가장 먼 나라이다. 임진왜란을 비롯하여 일제 치하에서 36년간 우리 민족은 고통과 핍박 속에서 조상들이 살아온 피맺힌 슬픔은 잊을 수가 없다. 이런 이유에서 아무리 아름다운 나무라 하더라도 민족적 감정을 어찌 잊는단 말인가. 나무를 보면 아름다움을 느끼게는 하지만 일본의 자생수종임을 알고 난 후부터는 왠지 정감이 들지 않는다.

우리나라에서는 역사관이나 특징된 기념관에 헌수를 하게 될 때에는 깊이 생각하고, 기념식수로 선택해야 할 일이다.

이순신 장군 영정의 역사관 앞에 일본의 금송나무가 1970년에 박대통령 기념식수로 심겨져 있었음은 안타까운 일이었다. 더군다나 피맺힌 한이 서린 민족정신을 되새기게 하는 장소에 버젓이 일본의 나무가 자라고 있어 조경수 이전에 반감을 사게 된다. 당시에 누구라도 일본수종이라는 식물학적 지식만 가졌더라면 이를 선택하게 되었을까?

돌이켜보면 우리나라는 광복이 된 지 불과 5년 만에 6·25 전쟁으로 또다시 산천은 황폐되어 갔고, 60~70년대의 가난과 헐벗은 민둥산에 조림을 하느라 허덕였다. 70년대에 이르면서 아름다움에 대한 미적 경관에 대하여 눈을 뜨게 된 시기이다. 예나 지금이나 어떤 행사에 기관장이 기념식수를 하게 될 때, 본인이 직접 수종을 선정하여 식재하는 경우는 드물다. 일반적으로 그 기관의 담당부서에서 준비하여 행사를 치르는 예가 대부분이다. 이때도 가장 귀하고, 멋있는 나무만 생각하다 보니 이렇게 큰 오류를 저지르게 된 것일 게다. 우리의 민족적 역사관이 없어서가 아니라 미적 경관만 생각했던 무식의 소치에서 벌어진 일이라 생각한다.

우리 민족의 상징 나무는 소나무다. 그 당시만 해도 소나무 이식에 관한 지식이 없었다고 해도 과언이 아니다. 이제라도 민족의 의식사관을 바로 세워감으로 자연에 관한 인식도 깨달아야 하겠다.

생각하건대 이순신 장군 기념관 현충사 내 심겨진 금송을 40여 년 만에서 깨닫고 많은 논란 끝에 600m 떨어진 곳으로 옮기게 되었다 함이 다행한 일이다. 훗날 이 모두가 역사일 수 있다. 우리 산하를 지켜온 소나무는 거북선을 만드는데 유용하게 사용했던 나무가 아니었던가. 일본의 금송보다는 우리의 소나무가 이순신 장군의 영정을 모신 기념관을 지키게 함이 더 맞을 것이다.

70년대의 생각이 난다. 국립공주박물관 견학을 갔을 때다. 입구에 심겨져 있는 금송이라는 나무를 처음 보았다. 귀한 나무라는 바람에 탐을 냈었던 기억이 난다. 지금은 일본 수종임을 알고는 반감이 간다. 몇 년 전에 어느 고등학교를 방문한 적이 있다. 그 학교 정원에 3·1운동에 가담하여 옥고를 치른 40여 명의 희생된 학생을 기리는 기념탑이 높이 건립되어 있음을 보았다. 그 옆에는 여러 종류의 나무들이 심겨져 있었지만, 안타깝게도 금송나무가 버티고 서 있었다. 아마도 3·1운동 기념탑 건립기념 식수를 할 때 희귀한 나무라는 생각에서 식재 되었을 것이다. 의식이 없어서가 아니라, 깊이 생각하지 않고 조경미만을 앞세워서 행하게 된 일일게다. 알면서도 기념식수라는 점에서 이대로 두고 바라만 보아야 할 것인가. 다른 곳으로 옮겨야 할 것인가.

옛 속담에 '며느리가 미우면 손자까지 밉다'라는 말이 있다. 일본사람들이 밉다 보니 이제는 그 나라에서 자라는 금송나무마저 미운 감정은 어쩔 수가 없는 현실이다.

지금은 많은 사람들이 조경에 관한 지식도 넓어져, 기념식수로 정할 때는 우리의 나무인 소나무, 울릉도의 향나무, 솔송나무, 제주도 한라산의 구상나무, 소백산의 주목, 강원도 지방의 전나무 등을 선택하여 민족의 정기를 자랑하였으면 한다. 우리나라의 역사와 관련된 기념관 앞에서 그래도 우리의 국토에서 자라는 식물들이 미관을 나타내 주었으면 한다.

이제는 세계문화가 하나가 되어 살아가고 있다. 식물도 국경없이 이식되어 살아가고 있음에 수목원에는 멉던 곱던 금송도 식재하여 수목학적 지식을 넓혀가야 함은 어쩔 수 없다. 그동안 조경수 보급 차원에서 묘목재배원에서 금송묘목을 보급하고 있다.

일본에는 금송이 있다면, 우리나라는 잎이 완전히 노란 황금소나무가 번식되고 있다. 앞으로 금송 대목에 황금소나무를 접목하여 '황금금송소나무'를 만들어 내고 싶은 욕심이 든다.

그러려면 황금소나무 대목을 만들기 위해서는 생태를 알아야 되고, 금송의 씨앗을 받아 식재를 해야 한다. 금송은 한 나무에서 암꽃과 수꽃이 따로 핀다. 수꽃은 아래의 가지 끝에서 피지만 암꽃은 가장 높은 가지 끝에서 맺으며 수정이 된 후, 2년이 되어 가을에 솔방울이 익는다. 씨앗은 동글납작하며 얇은 날개가 동그랗게 달려있다. 삽목도 가능하여 여러 번 시행하여 보았지만 온도 습도를 잘 조절하기 전에는 어려운 편이다. 세포융합의 방법으로 황금금송소나무를 만들어 낼 수는 없을까. 이를 만들어 조경 수목원에 식재하는 꿈을 꾸어 본다.

눈개비자나무

눈개비자 열매

눈개비자 수꽃

눈개비자 암꽃

●●● 청상과부로 살아온 한 많은 눈개비자나무를 바라보니 안타깝기만 하다. 지난날을 회상하며 조릿대 숲에 싸여있어 보살펴 주니 눈개비자나무는 이렇게 들려준다.

주인이 시키는 대로 백년가약 맺으러 예닐곱 꽃다운 내 인생 시집왔다네. 속리산 동네방네 소문나 잔칫날 구경꾼 모여들고. 얼굴에 연지곤지 바르고 앞마당 대례청에 대사 꽃 되어 내 청춘 곱게 곱게 피어나 꽃가마 타고 시집오던 날. 봄바람 살랑살랑 꽃구름에 연분홍 치마저고리 날리며 속리산 말티재 고갯길 넘고 넘어서, 개신동 충북대학교 임학과 묘포장 밭 가에 심겨져 살다가 첫아들 낳았다네.

아는지 모르는지 자고 나면 세월이 가고, 또 가고 아들딸 4남매 낳고 나니 내 나이 스물하고 세 살이 되었다네. 철없는 새색시 눈물 콧물 씻어가며 내 몸 치다꺼리하랴 자식들 돌보랴, 정신없이 한세월 살다 보니 이게 웬 날벼락이요. 달빛도 무심한 사월 초여드렛날 내 남편 황천길로 떠나가니 꿈이요 생시요 이게 웬 말이요. 인정도 없는 눈개비자 남편아, 인정 없는 눈개비자 남편아, 나 혼자 남겨놓고 떠나가는 무정한 남편아. 날더러 어찌어찌 살라 하고 이렇게 말없이 떠나간단 말이오. 스물에 다섯 살 꽃다운 청춘과부 만들어놓고 이리도 어찌 눈을 감는단 말이오.

원통해 눈물도 아니나네. 아이고 지고 아이고 지고 내 팔자야. 어떻게 청상과부 만들어놓고 혼자서 떠나간단 말이오.

이렇게 갈려거든 속리산 산골에 그냥 살게 놔두지. 자식도 낳지나 말지 줄줄이 낳아놓고 자식새끼 어떻게 나 혼자서 키우라고 말없이 눈을 감는단 말이요.

한평생 황후마마로 정답게 살자더니 나 혼자 어찌 살라고 이게 무슨 꼴이요. 여보시오, 여보시오, 나도 데려가오. 무정한 남편아 무정한 남편아, 당신은 혼자서 떠나가면 나 홀로 어떻게 살란 말이오. 새끼들 배곯을까 눈만 뜨면 날새기 무섭게 허둥지둥 산기슭 숲속에 엎드려 일만 하였네.

앞뒤도 돌아볼 겨를 없이 낮인지 밤인지 시간이 가는지 오는지 어둠이 오는지 달이 뜨는지 또다시 새벽이 오는건지 세월이 가는건지, 먹고 살려고 첫새벽 일어나 죽자사자 광합성작용光合成作用 일만 하였네.

어느 날 돌아보니 눈 깜짝할 사이 어느새 내 나이 오십 넘어 환갑이 되고, 자식들 장가 시집가 손자 손녀 낳았네. 이제야 내 늦팔자 늘어졌구려. 인장덕人長德 목장패木長敗도 일장춘몽이라네. 세월이 가는 건가, 내가 늙은 건가. 내 청춘 내 청춘이 어디로 갔나. 나무도 한 번 가면 그만인걸 한 많은 가련한 청상과부 내 일생 돌아보니 허무하네.

정원에 피어난 많은 꽃도 화무십일홍花無十日紅이고, 내 팔자 꽃처럼 지고 나니 호강을 하는건지 우대를 받는건지 대학교 정원에 심겨져 오고 가는 사람 많아도 내 심장 아무도 모르네.

내 일생 돌아보며 깊어가는 이 한밤 달빛에 눈물만 젖어 들고, 나오는 한숨 소리 그 누가 알으랴.

허무한 내 일생 가련한 내 일생, 내 나이 팔십을 넘고 나도 아무도 돌아보는 이 없네그려.

사람들은 귀한 것을 보면 탐을 내게 마련이다. 처음에는 귀히 여겨 곁에다 두고 보고 싶어 한다. 그러나 오래가면 그 소중함도 잊게 마련이다.

눈개비자나무는 속리산자락에서 자라고 있는 특산 식물이다.

우리나라에는 눈개비자나무가 1속 1종이 자라고 있으나 분류학적으로는 개비자나무와 눈개비자나무로 구분하고 있다.

이 나무는 상록관목으로 습윤한 지역에서 자란다. 또한, 음지에서도 잘 견디며 산다. 주로 중부 이남의 산 계곡의 습기가 많은 곳에서 자라는 침엽수이다. 뿌리 부분에서 벋어 나온 줄기는 대부분이 땅바닥에 누울 정도로 비스듬히 옆으로 누워 자란다. 중앙에서 자란 줄기는 곧게 하늘을 향하지만 그리 높게 크지를 않으며 키가 작다. 줄기를 건드리면 힘이 없는 것처럼 잘 흔들린다.

비자나무와 개비자나무의 생김새는 거의 비슷하다. 생태적으로 교목성과 관목성으로 구분이 쉽게 된다. 그러나 어릴 적에는 구별이 잘 안 된다. 얼핏 보았다가는 착각할 때도 있다.

잎은 바늘잎이지만 잎의 폭이 비자나무잎보다 약간 넓은 편이다. 앞면은 도도록하게 약간 반원형을 느끼게 한다. 뒷면 중앙에는 녹색 선을 나타내며 중심의 양편은 백색의 기공선으로 되어 있다. 끝은 뾰족하나 손으로 만졌을 때 그다지 억세게 느껴오지 않으며 찌르는 감각이 거의 없다.

암꽃 끝에 맺은 수액은 비밀스런 궁금증으로 남아 있지만, 아직도 관심 있게 관찰을 하여 보지 못하였다.

꽃은 사월에 핀다. 수꽃은 익년의 시월이면 이미 잎의 뒷면에 동글동글하게 마치 쌀알만 한 크기로 잎의 겨드랑이에는 두 줄로 조르륵 매달려 있다. 이듬해 오월이면 열은 주황색으로 송골송골 피어나 있다. 위에서 내려다보면 잎에 가리어 쉽게 발견되지 않는다. 암꽃 역시 시월에 작은 딸기 형태로 맺어 여러 개씩 매달려 있다. 대개는 줄기 끝에서 자라는 편이다. 때로는 새로 자란 중간의 마디 부분에서도 달린다. 여러 개가 녹색 육질에 싸여있다. 밑씨는 한 꽃에 대여섯 개씩 송아리처럼 되어있다. 수정된 열매는 이듬해 늦은 여름이나 초가을에 꽃사과 열매처럼 과

육으로 붉게 익는다. 열매의 크기는 은행알만 한 정도이며 눈개비자는 따서 먹으면 달착지근하여 먹을 수 있다. 그러나 개비자나무 열매는 떫은맛이다.

눈개비자나무는 개비자나무에 비하여 땅으로 뻗어 나가는 줄기를 가지고 있으며, 길게 땅으로 넓혀 자라고 군데군데 뿌리로부터 줄기를 뻗어낸다. 눈개비자나무도 암수가 따로 있으며 속리산의 중요한 식물로 이 지역의 깊은 산 계곡에서 자라고 있다.

아마도 80년대 말쯤인 것 같다. 속리산에서 사는 박씨라는 사람이 자주 산행을 하다 비자나무군락지를 발견하였다고 신문사에 알리자 신문기자는 고증도 없이 특종이나 한 것처럼 발표를 하였다. 나는 이 기사를 읽고 의아하였다. 비자나무는 추위로 중부지방에 살지를 못한다. 자생지를 확인하여 보려고 속리산을 찾아가 여러 골짜기를 오르내리다 눈개비자나무 군락지를 발견하게 되었다. 별수 없이 눈개비자나무를 비자나무로 알고 신문에 허풍을 친 것을 보고 쓴웃음이 나왔다. 수십 년이 지났지만, 아직도 그때의 기억이 떠오른다.

조경학 설계 실습 시간에 음지식물로 하층에 식재하는 수종으로 늘 강조하였던 나무가 눈개비자나무이었다.

스트로브잣나무

스트로브 잣나무 암꽃

스트로브 잣나무 수꽃

스트로브 잣나무 수정된 암꽃

스트로브 잣나무 열매

●●● 어릴 적에는 산을 오르다 보면 나무는 소나무, 잣나무 이름만 알고 있었다. 처음에는 그랬다. 지금은 수목학을 배우고 난 후부터는 침엽수는 우선 나뭇잎이 몇 개인가를 세어보게 된다. 잎이 2개씩 묶여 있으면 소나무, 해송, 방크스소나무, 대왕송이다. 3잎이면 리기다소나무, 리기테다소나무, 백송이다. 5잎이면 잣나무, 스트로브잣나무, 섬잣나무, 눈잣나무는 잣나무에 속한다고 기억한다. 수목학 시험 때는 식물도감을 보고 수없이 외

우던 생각이 아련히 남아 있다. 60년대 이후에서야 다양한 수종이 식재되면서 실물들을 확실히 볼 수가 있었다.

스트로브잣나무는 대학에 입학하고 나서 교정에서 처음으로 보았다. 잣나무와 스트로브잣나무는 잎을 비교하면 얼른 눈에 익혀오지 않았다. 잎을 만져보면 잣나무 잎은 굵으며 억세어 남성적이라면 스트로브잣나무는 가늘고 보드라워 여성적인 느낌이다. 잣나무류는 왜 잎이 5개인가.

다섯의 의미는 음양오행陰陽五行을 가르치는 사물의 이치를 담고 있는 것은 아닐까. 아니면 우리가 살아가는 인륜 도덕의 근본인 오륜五倫을 일러줌인가. 인류문화는 각 나라가 교류되면서 모든 사회 질서가 무너지고 말았다. 부자유친父子有親으로 부모와 자식 사이의 도덕도, 장유유서長幼有序인 노인과 젊음의 사회덕목도 무너졌다. 붕우유신朋友有信으로 친구간의 신의도 이웃간의 예의도 모르는 사회로 변해가고, 부부유별夫婦有別이던 남편은 남편답고 아내는 아내다운 서로의 부부다운 윤리도 무너졌다. 군신유의君臣有義의 옳은 잣대도 잃었다. 대통령도, 법률도, 교육도, 옳고 그름을 모르는 사회로 변해가고 있다. 국회의원은 자기만 이득하면 국민도 내팽개치고 정치판만 만들고 편가름에 가슴만 치게하는 나라로 만들었다. 5000년의 역사를 지켜온 이 나라가 과연 어떻게 될것인가. 스트로브잣나무는 이렇게 묻고 있는듯하다. 아무리 잘사는 나라면 무엇하냐며 행복지수는 낮으니 일벌레처럼 살다가는 허무한 인생은 아닌가.

나무의 원산지는 미국 북동부지방과 캐나다 동남부를 거쳐 대서양까지 분포한 주요한 조림수종으로 알려져 있다. 우리나라에 도입된 연도는 1924년경이란다.

상록수이면서 반음수로 암꽃과 수꽃이 사월 하순에서 오월 초에 한 나무에서 암수가 함께 꽃이 핀다. 씨를 따서 파종하면 발아하는 모습이 소나무와 비슷하다. 어린줄기는 1년에 한마디씩만 자란다. 5~6년생까지의 생장은 비교적 느리지만, 그 후부터는 생장이 빠르게 자란다. 환경이 좋은 입지에서는 수령이 10년쯤 되면 쭉쭉 자라 일 년에 1m 내외의 수고 생장을 한다.

스트로브 잣나무는 가지가 물레방아의 수차처럼 윤생輪生으로 자라는 게 특징이다. 조림학 시간에 가지치기 실습을 할 때면 학생들에게 중국의 윤편輪扁이란 사람의 수레바퀴 깎는 일화를 들려주었다.

"늘 하는 일로, 수레바퀴를 깎을 때 많이 깎아내면 헐렁거려서 꽉 맞물리지 않고, 덜 깎으면 빡빡해서 들어가지 않는다. 더 깎지도 않고 덜 깎지도 않게 하는 것은, 손 감각으로 터득하여 마음에 흡족함을 입으로도 다 표현함이 어렵다. 이를 자식에게 일깨워 줄 수 없고, 이것을 어떻게 전수할 수도 없다. 이 때문에 나이가 일흔이 되었지만, 아직도 수레바퀴를 깎고 있다. 옛사람은 전해줄 수 없는 것과 함께 죽었다. 책은 옛사람의 찌꺼기일 뿐이다."라 하였다.

굵은 가지치기는 이와 유사하다고 하겠다. 나무줄기와 가지의 굵기에 따라 잘라야 할 지점이 어디인가는 도두룩이 부풀어 올라있는 지융점枝隆點에 따라 눈썰미 있게 끊어내야 한다고 학생들에게 가르쳐준다. 나무마다 생장에 따라 가지치기할 지점의 위치인 지융선이 다르기 때문이다. 이는 오랜 경험에 의한 예지의 기술이다.

스트로브잣나무는 가지치기도 하며 솎아주지 않으면 바람 한 점 통할 수 없이 빽빽하게 자란다. 줄기의 나무껍질은 밋밋하고 매끄러우나 20여 년쯤 자라면 세로로 얇게 갈라지며 껍질이 두꺼워 감도 연륜에 따라 변함이다.

70년대만 하여도 스트로브잣나무는 공원의 경관수로 많이 심어져 푸른 숲을 이루어 왔다. 이후에는 조림 수종으로 인정되어 산지에 식재되기 시작한 것은 1985년부터이다.

스트로브잣나무의 열매는 원통형으로 길쭉하게 자라는 모양이 마치 작은 오이 꼬투리처럼 끝이 약간 꼬부라져 있다. 외부에는 송진이 많이 나와 있는 이유는 벌레의 침입을 막으려 함인지,

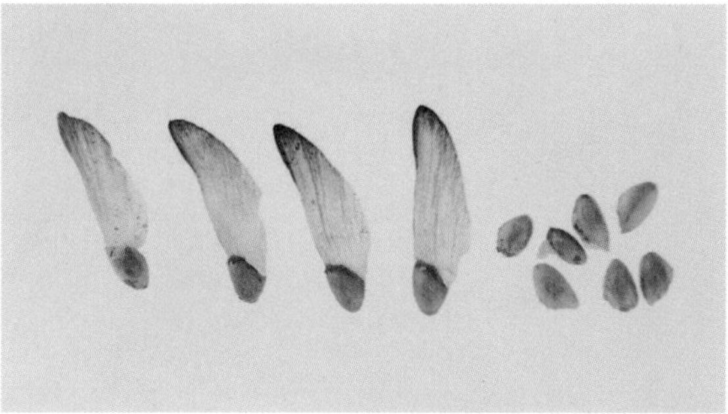

스트로브 잣나무 씨

아니면 상처를 받아서인지 알 수가 없다. 나는 종자를 채취하기 전에는 잣나무 씨앗처럼 생긴 줄로만 알고 있었다. 열매는 이듬해 팔월 중순 이후가 되면 잣송이는 인편이 벌어지기 시작한다. 씨앗은 소나무 씨처럼 똑같이 날개가 달려 바람에 날린다. 스트로브잣나무는 국토를 푸른숲으로 만들고 있어 볼 때마다 고맙고, 나무의 모습이 자랑스럽다.

3부

비자나무

겨울 산을 오르다 보면 푸른 하늘을 향하여
쭉쭉 뻗어 올라간 청청한 자태는 기밀답다.
나무는 많은 연륜을 지니고 있을수록 중후감을 더해준다.
비자나무 숲속에 머물면 녹색물이 금방 뚝뚝 떨어질 것 같은
푸른 나무 물결이 파도처럼 밀려드는 기분이다.

비자나무

비자나무 수꽃

비자나무 암꽃

비자나무 암꽃

비자나무 열매

비자나무

●●● 깊은 산속에서 자라는 나무들이 갖는 기품氣稟은 저마다 다르다. 겨울 산을 오르다 보면 푸른 하늘을 향하여 쭉쭉 벋어 올라간 청청한 자태는 귀물답다. 나무는 많은 연륜을 지니고 있을수록 중후감을 더해준다. 비자나무 숲속에 머물면 녹색물이 금방 뚝뚝 떨어질 것 같은 푸른 나무 물결이 파도처럼 밀려드는 기분이다.

많은 나무들의 숲이 있지만, 그중에서도 비자나무숲은 귀티가 난다. 천년의 숲에 머물다 보면 그저 자연스레 고개가 숙어진다. 무상무념의 기도를 하는 나무들에게 어느새 마음이 의지가 된다. 비자나무숲 길을 한참을 걷다 보면 근심이 없어진다. 나무들마다 넉넉하고 의젓하여 살아있는 신神을 대하는 느낌이다. 어떻게 풍진 세월을 이겨내며 이렇게 살아왔을까. 비자나무를 끌어안고 교감을 하여 보고 싶어진다. 나무로부터 영험함이 스며나 푸른빛에서 새로운 생명의 경이로움이 일어날 것만 같다.

세상에는 수목만큼이나 사랑을 베풀며 살아오는 생물이 또 있던가. 푸른 숲을 올려다보며 비자나무의 삶을 생각해본다.

역사적으로 고려사에 보면 원종 12년(1271)에는 원나라의 궁궐을 짓는데 우리나라 비자나무 판자를 보냈다 함을 알 수 있다. 비자나무의 목재가 고품스러움을 느끼게 한다. 나무의 속을 보면 다른 나무와 다르게 심재心材와 변재邊材의 생장이 아주 느리게 자라 구분이 확실하지 않다. 목재의 조직이 섬세하고 치밀하며 색깔은 옅은 황갈색으로 편안하다. 침엽수의 독특한 향으로 비자나무만의 은근한 향기가 마음을 이끈다.

역사적으로 보더라도 많은 수난을 당하며 살아남은 나무들로 동국여지승람, 조선왕조실록, 세종실록에 의하면 1421년 등 조정에 바치는 세공歲貢에 대한 지역의 품목으로도 기록이 되어있다. 당시 비자나무 열매를 조정에 보내는 일로 얼마나 시달렸을까를 짐작케 한다.

차송수치유칙대此松雖稚留則大 : 이 잔솔 지금은 어리지만 그대로 두면 크게 자랄 터이라
발출화근나득용拔出禍根那得慵 : 화근을 뽑아버리는 일 어찌 게을리 하오리까.
자금과발여과종自今課拔如課種 : 이제부턴 소나무 뽑아내기 소나무 심듯 할 일이니
유잔잡목료어동猶殘雜木聊禦冬 : 잡목이나 남겨두면 겨울에 화목으로 쓰겠지요.
관첩조래색비자官帖朝來索榧子 : 오늘 아침 공문이 내려와 비자를 급히 바치라 하니

차발차목산문봉且拔此木山門封 : 장차 이 나무도 뽑아버리고 절
간문 봉해야겠네요.

* 승발송행(僧拔松行 : 스님이 소나무를 뽑는구나) 중에서 /정약용(丁若鏞)

조선시대는 의학이 발달하지 못한 시절의 민간요법 약으로 비자나무 열매는 구충제로 이용되어 오는 바람에 귀하게 여겼던 것 같다.

비자나무는 온대성 식물로 분포지역으로는 제주도와 전라도 백양산, 내장산 지역으로 자생함으로 흔한 나무는 아니었던 것 같다. 이 외로는 남부지역에서 자라는 수백 년생의 소중한 나무들로 천연기념물로 지정된 곳을 제외하고는 그리 많지가 않다.

열매를 보면 마치 풋살구열매나 은행같이 씨껍질種衣로 푸른 빛이다가 가을이 되어 익으면 보랏빛으로 변하여간다. 육질의 껍질을 벗겨내면 안에는 은행처럼 딱딱한 각피질로 덮여 있다. 마치 아몬드알맹이 같이 짤쭉하게 생겼다. 이를 깨고 내용물을 보면 땅콩 같다. 먹어보면 약간 쌉싸름한 듯한 느낌이면서도 쓰지는 않으며, 고소함도 아니며 그렇다고 단맛이 나지도 않지만, 입안에서 거부감이 없이 먹어지는 개암 같은 맛이 나기도 한다.

어느 책에 보면, 충북 음성군 생극면 팔성리에는 500년 된 비자나무가 있다고 수록되는 바람에 많은 사람들이 충북에도 비자나무가 자라고 있는 것으로 착각을 하고 있다. 이는 비자나무가 아니고 개비자나무다. 그 외 충북 속리산 계곡에는 눈개비자나무가 자생하고 있다. 이를 1985년경에 지방 사람이 언론사에서 비자나무가 자생한다고 하는 바람에 확인도 하지 않고 잘못 보도를 하게 되었던 적도 있었다. 중부지방에서는 실제로 비자나무를 보고 싶으면 충북산림환경연구소 미동산수목원에 가면 볼 수가 있다. 연구 자료로 인공 식재한 20여 년생 되는 비자나무 다섯 그루가 부적합한 환경을 적응하며 근근이 살아가고 있다.

5월 초면 꽃도, 가을이면 열매의 모양도 직접 느껴볼 수가 있다. 또한, 개비자나무와도 비교하여 식별을 체험하여 볼 수도 있다. 비자나무가 자라는 생태를 보면, 남부 수종이지만 충북지역의 아늑한 계곡에서도 자랄 수 있음을 증명하여주고 있다.

누구나 비자나무와 개비자나무를 처음 대하게 되면 식별이 쉽지가 않다. 어린나무는 외모적으로 더더욱 구별이 잘 안 된다. 일반 수목학 상식으로 비자나무는 교목으로 수고가 15m 이상의 크기로 자라며 대경목大徑木으로 자라고 있다. 개비자나무는 반대로 관목형태로 4미터 이하로 자란다. 줄기는 소경목으로 굵지가 않다.

잎을 보면 그 형태가 참빗 모양이다. 마치 비非자의 모양을 닮았다 하여 이런 연유로 상형한자로 비자榧子라는 이름을 얻게 되었다고 전한다. 비자나무는 잎의 끝은 뾰족하며 억세어 손으로 만져보면 찌르는 아픔을 느끼지만, 개비자나무는 보드랍다. 비자나무 열매는 껍질이 녹색에서 가을이면 보랏빛으로 익는다. 개비자나무 열매는 녹색에서 붉은빛으로 익는 점이 다르다. 특이한 점은 줄기로부터 돋아 자라난 가지의 이음매가 마치 닭의 무릎뼈처럼 생겼다. 죽은 가지가 떨어지는 이음새가 다른 나무와 색다르다.

비자나무는 따듯한 남부지역의 한계를 이루어 자생하지만, 개비자나무는 중부, 경기지방까지 자생하며 음지에서 잘 살아남고 있어 수목 경관의 하층목으로 식재하기도 한다. 두 수종 모두가 암수가 각각 따로 있다. 충청도 내 고향 산천에도 비자나무숲을 만들어놓고 싶은 마음이 은근히 솟구친다. 기온의 변화로 이제는 중부지방에서도 양지바른 산기슭에 조림을 한다면 자랄 수 있지 않을까?

섬잣나무

섬잣나무 암꽃

섬잣나무 암꽃

섬잣나무 수꽃

섬잣나무 열매

●●● 정원을 만들게 된 역사는 언제서부터 시작되었는지 확실하지는 않다. 인류가 시작된 이후 한곳에 정착하면서부터라고 추측할 수 있다. 정주 생활로 필요한 식물을 가꾸고 관상 가치 있는 수목들을 옮겨 심게 되어 정원이 조성되었을 것이다. 삼국유사에 의하면 백제 진사왕 7년(391년) 궁실을 중수하면서, 연못을 파고 산을 만들어 진귀한 새를 기르고 기이한 화초를 가꾸었다.라고 기록되어 있다.

우리나라 정원은 중국의 영향을 받아 삼국시대부터 발달하기 시작했다는 학설이다. 중국의 신선설神仙說과 음양오행설陰陽五行說을 바탕에 둔 정원이 꾸며졌고, 명산이나 호수, 계곡, 동굴, 폭포 등을 이용한 축경식 조경이 조성되었다. 사회적 변천에 따라 고려 시대는 불교적으로 조선 시대에는 유교 사상으로 변화되면서 풍수지리설을 이용한 정원을 만들었고 수종선택까지도 영향을 끼쳤다. 우리나라 조경은 자연적인 산수 경관을 이용한 자연 그대로의 풍치를 바탕으로 하고 있다.

이웃 일본은 고산수식 정원枯山水式 庭園과 입체적 형식으로 모래를 이용하여 물을 표현하는 독특한 정원 양식을 볼 수 있다. 또한, 정원에 식재된 수종들을 조형화시키는 것이 특징이다. 축경식에 의해 분재, 수석, 수목의 정지整枝 전정剪定으로 아기자기한 모습의 형태로 인공적인 경관미를 만든다. 우리나라 정원도 근대에 와서는 정원수를 조형적 전정으로 조형미를 드러내고 있다. 특히 섬잣나무를 조형하여 층층이진 탑 형태의 미적 경관으로 조성하는 기술을 보인다.

섬잣나무는 70년대만 해도 정원에 식재될 때 오엽송五葉松으로 불리어져 왔다. 이때만 하여도 수목이나 정원수에 대하여 학문적 식견이 넓지 않았던 원인이 있다. 일본에서 씨앗을 수입하여 올 적에 향명대로 명칭이 옮겨지는 바람에 전해져 왔을 것으로 추측된다. 섬잣나무는 가지의 절간이 짧고, 잎이 다복하게 자라며 기공선이 있어 흰빛이 돌아 다른 잎보다 아름답게 보인다. 생장도 느려 조형을 잡아 마치 탑을 쌓아가는 것처럼 탑형으로 만들기가 적합한 수종이다.

섬잣나무를 보면 어릴 적 생각이 난다. 마을 입구에 있던 돌탑이 연상된다. 사람들은 음력 정월 보름이 오면 탑 앞에서 소지를 올리며 소원을 빌었다. 탑은 신과 교감 되어 소원을 이루어 주는 성전으로 믿고 있었다. 일본 정원사는 섬잣나무를 층층이 지게 살아있는 아름다운 목탑木塔으로 만들어놓는다. 사람들은 새해가 되면 섬잣나무 가지에다 소원의 글을 써서 주렁주렁 매달았다. 푸른 섬잣나무탑은 소망을 담은 형형색색의 다양한 모양의 쪽지들이 바람에 꽃잎처럼 날리어 한층 더 아름답다. 그럴수록 섬잣나무는 더욱 소중하고 근엄한 나무로 느껴졌다.

정원에는 잎이 다섯 개씩 묶여진 나무는 잣나무, 섬잣나무, 스트로브잣나무뿐이다. 이들 중에 잎이 가장 짧은 나무는 울릉도 지방과 일본에서 자생하는 섬잣나무다. 섬잣나무는 예로부터 분경盆景 소재와 정원수로 손꼽히는 나무이다. 섬잣나무는 분재 애호가들이 좋아하는 소재다. 분재로부터 교목성의 수목을 키를 낮춰 축소된 경관미를 살려내는 기술의 묘미를 엿볼 수 있다. 섬잣나무는 다섯 잎에다 청백색으로 짧고 사시사철 푸르러 이름을 오엽송으로 불리어져 왔다.

오엽송은 분재뿐만 아니라 정원을 아름답게 꾸미는데도 꼭 필요한 수종으로 손꼽히는 정원수다. 무엇보다도 섬잣나무는 음지에서도 잘 견디고 있어 조경배식에 빼놓을 수 없는 수종이다.

정원수는 식재 후 그대로 방치해두면 가지가 제멋대로 길게 자라거나 밀생하여 관상 가치가 떨어져 이러한 아름다운 수형을 유지하기 위해 매년 정지전정 작업을 하게 된다. 섬잣나무는 키가 큰 나무지만 정지작업으로 가지의 생장을 조정하여 조형미의 운치를 만드는데 용이한 나무다. 정원을 꾸밀 때, 나무를 옮겨 심고 가꾸는 과정은 아무나 할 수 있는 일은 아니다. 이는 많은 경험을 쌓은 기술자만이 할 수 있는 일로 예나 지금이나 같았나 보다.

당나라 때의 곽탁타라는 사람이 나무를 심는 이야기가 고문진보에 이렇게 적혀있다.

"저는 나무가 장수하거나 쑥쑥 자라게 할 수는 없고, 나무의 천성에 순종하여 본성을 다하도록 할 뿐입니다. 심겨진 나무의 본성은 뿌리는 펴지기를 원하고 고르게 북돋워 주기를 원하며 흙은 옛것이길 원하고 지지대는 밀착되길 원합니다. 이미 그렇게 했다면 다른 행동을 하지 말고, 염려하지 말고, 떠나서 다시는 돌아보지 않아야 합니다. 심을 때는 자식처럼 하고, 내버려 둘 땐 버린 것처럼 하면 천성이 온전해져 본성을 얻게 됩니다.

그러므로 나는 자라남을 방해하지 않을 뿐이지 쑥쑥 자라 울창하게 할 수는 없으며, 열매를 소모하지 않을 뿐이지, 일찍 자라서 우람하게 할 순 없습니다. 나무를 기르는 다른 사람은 그렇지가 않아서, 뿌리를 말리고 흙이 바뀌며 북돋워 줌이 지나치지 않아 미치질 않습니다.

그리고 이와 반대로 하는 사람은 또한 사랑함이 크게 원망스럽고 근심함이 크게 부지런하여 아침에 보고 저녁에 어루만지고, 이미 떠났다가도 다시 돌아봅니다. 심한 사람은, 나무를 긁어보고 살았는지 말랐는지를 증험하고, 뿌리를 흔들어 잘 안착되어 있는지 봅니다.

그러니 나무의 본성이 날로 떠나갑니다. 비록 사랑한다고 말하지만, 실제는 해치는 것이고, 걱정된다고 말하지만, 실제는 죽게 하는 것입니다. 그러므로 나처럼 나무 심는 것만 못하니, 내가 또한 어찌할 수 있겠습니까?"

나는 나무를 심을 때는 이런 이야기를 사람들에게 들려준다.

지난 가을에는 정원에서 섬잣나무 잣송이를 채취하였다. 크기가 보통 솔방울 크기만 하다. 울릉도의 섬잣나무 잣송이가 훨씬 크지만, 잣송이의 반에서 반만 하다. 씨앗은 잣보다 아주 작으며, 조금은 납작하고 날개깃 형태로 되어있다.

씨를 물에 5일 동안 담가 두었다가 파종을 하였더니 40여 일 후에 발아가 되었다. 껍질을 쓰고 나오는 모습이 잣나무 씨와 똑같았다. 이파리 수도 10에서 11개가 되어있었다. 새싹은 잣나무보다 더 작고 연약하였다. 이 작은 생명에서 푸르고 울창한 숲의 형상이 눈앞에 어른거려졌다.

낙우송 落羽松

낙우송 수꽃과 열매 성숙과정

낙우송 암꽃

낙우송 열매

●●● 우리나라에서 제일 키가 큰 나무는 아마도 낙우송과 이를 닮은 매타세콰이아 일 것 같다. 도로변이나 공원 지대에 심겨져 풍치미를 자랑하는 멋스런 자태는 계절마다 주는 느낌이 다르다.

봄이 되면 생동감을 일게 하는 연둣빛 색깔이 은은하게 곱다. 여름이면 쭉쭉 뻗은 줄기는 푸른 바다를 연상케 하는 초록빛깔로 흰 구름을 떠안고 있는 듯 시원함을 가져다준다. 가을이면 붉은 단풍이 가을을 수놓는 자연스러움에 마음이 스스로 빨려 들어간다. 겨울이면 웅장한 온몸을 들어내어 흰 눈을 가지마다 뒤집어 쓰고 참회하는 수도승 같은 모습으로 서 있는 형상을 보면 볼수록 겸손하게 살아가는 법도를 깨닫는 가르침을 주는 듯하다.

낙우송도 하늘과 땅이 지닌 덕성德性을 합하여 주변에 이득함을 나누어 줌으로 인간은 이를 심고 가꾸어 살아가게 됨이 아닌가. 물은 나무를 자라게 하고, 나무는 불을 만들어 내고 불은 사람이 살아갈 수 있도록 흙을 조성하여 줌에 그 가운데 자연과 인간은 숭고한 그 섭리에 따를 수밖에 없다.

낙우송은 다른 나무에 비하여 물을 좋아하는 나무이다. 일반인 나무는 습지에서 살아갈 수 없으나 낙우송만은 보란 듯이 생명을 유지함이 특징이다. 뿌리로부터 지상으로 뻗어 나오는 기근氣根이 있어 호흡을 한다. 공기 뿌리는 나무 근처에 마치 도깨비방망이처럼 툭툭 튀어 올라와 그 모양새가 기묘하게 생겼다. 이 나무 밑을 걸어 다닐 적에 한눈을 팔다가는 잘못하면 기근에 걸려 넘어지기가 쉽다. 수분을 참으로 좋아하는 나무다.

낙우송은 자생지가 북미 남부 원산의 해안변으로 분포되어 있다 한다. 우리나라에 처음으로 식재한 것은 1925년경에 종자를 도입하게 된 이후라고 전한다. 그러나 산지 시험결과 적합하지 않아 조림 수종으로 적립되어 있지는 않았다. 수목의 특성상으로는 수고가 30m 이상 자라며 직경이 2~4m 정도로 크는 나무이지만 연구결과에 환경 조건상 토지나 기후상으로 적합하지 않았던 것 같다. 그러나 평지의 습지대에서는 성장 속도가 아주 빨라 아름다운 공원 숲을 조성하여 놓은 곳이 많다.

낙우송은 잎의 생김새가 마치 새의 날개깃처럼 함초롬하게 생겼다 하여 얻어진 이름이다. 낙우송과 메타세쿼이아는 아주 유사하다. 겉으로 보아서는 같은 나무로 보는 경우가 많다. 식별할 때의 아는 방법은 잎과 열매로 구분하기가 편하다.

잎을 비교해 보면, 낙우송은 잎의 주맥을 중심으로 양쪽의 작은 잎들이 서로 어긋나게互生 달려있다. 메타세쿼이아는 서로가 마주對生나 있다. 이점이 다르다.

낙우송 열매는 작은 솔방처럼 생겼으나 동그랗다. 어릴 때는 과육이 가시처럼 사방에 듬성듬성 뾰족하게 튀어나 있으나 점점 자라면서 없어진다. 마치 축구공같이 여러 개의 조각을 이은 것처럼 봉합선이 있어 익으면 조각조각 삼각지게 제각기 갈라진다. 열매에는 송진이 있어 향기는 소나무와 비슷하며 은은하게 느껴진다. 씨앗에는 송진이 묻어있음은 어쩌면 해충의 피해를 막기 위한 하나의 방편일지도 모르겠다. 아니 오히려 개미에게 먹잇감이 되게 하는 종자의 운반역할의 병행을 유도함일지도 모른다.

송진은 항생작용을 하는 물질로 개미나 벌은 알을 보호할 때 필요로 한다는 글을 읽은 적이 있다. 단순히 먹잇감으로만 생각했었는데 한번 관찰을 해 봐야겠다. 액체 같은 붉은 송진은 손에 묻으면 물에 씻어도 잘 닦이지 않고 미끈거린다. 열매는 송아리가 진 것처럼 가지 끝에 여러 개가 달려있으나 과실 자루가 없다.

메타세쿼이아 방울의 크기는 낙우송 열매보다는 작은 원형으로 익으면 인편이 벌어지며 과실 자루가 붙어있는 채로 땅에 떨어진다.

낙우송의 번식방법은 씨로 하며, 삽목으로도 한다. 종자의 번식은 발아율이 낮은 편이다.

가을에 종자를 따서 노천매장을 하였다가 봄에 파종하면 한 달 이후에 발아를 한다. 잎이 나올 때 관찰하여 보면 자엽이 6에서 7개로 사방으로 균형 있게 벌어져 자란다. 2주 정도 지나면 새순이 올라오고, 그 후 한 달 정도 자라면 그때부터 낙우송의 잎을 연상시키는 형태로 변하여 커간다. 직립으로 크지만 어릴 때는 가지를 만들어 내지 않고 자란다.

삽목을 할 때는 지난해 자란 가지를 15센티미터 길이가 되게 잘라 황토를 묻혀 모래에 묻어둔다. 녹지 삽을 할 적에는 주지에서 지난해 가지를 잘라낸 부분에 새로 자라난 새순을 초여름에 이용하면 좋다.

낙우송을 바라볼 적마다 생전에 꼭 하고 싶은 일이 하나 있다. 넓은 대청댐 주변의 습지로 버려진 공간에 낙우송 숲을 만들어 놓고 싶은 생각이다.

독일가문비나무

독일가문비 암꽃

독일가문비 나무

독일가문비 암꽃

독일가문비 암꽃

●●● 고향을 잃어버리고 사는 사람을 만나면 공연히 마음이 아려온다. 어찌 사람뿐이겠는가.

식물도 말은 못 하지만 그 모습이 애처롭게 느껴진다. 인간들의 이기심에 의해 씨앗은 이동되어 환경조건을 만들어주므로 발아를 하게 된다. 독일가문비나무 씨앗은 촉이 터 눈을 떠 보니 수만 리의 낯선 땅이 아니었겠는가. 아마도 깜짝 놀랐을 것이다.

종자로서 그 의무를 다하려 생명은 태어났음에 적응하며 살아갈 수밖에 없었을 것이다. 유럽 지방의 어느 산기슭에서 자라 맺은 열매는 타의에 의하여 한국까지 오게 되었음을 알기나 하였겠는가. 아마도 독일나라의 어느 산야에서 태어난 임목종자일게다. 독일에서 온 가문비나무라고 누군가가 그 이름을 독일가문비나무로 명명을 하였음이다.

독일가문비나무는 유럽대륙과 러시아 우랄산맥, 북으로는 노르웨이에 이르기까지 자라는 상록수며 세계적으로 널리 알려져 있는 나무이다.

독일 사람들도 임업을 모를 때는 천연림天然林을 벌채하여 목재를 이용하는 방법만이 알고 있었을 것이다. 산림이 황폐되자 1800년대 초부터 백 년간을 두고 국토 녹화사업을 시작하였다 한다. 천천히 자라는 너도밤나무나 참나무를 베어내고, 빨리 자라며 생산가치가 높은 가문비나무나, 전나무를 전 국토 내에 인공적으로 조림하여 육성함으로 임산물을 보속적保續的인 목재 수확을 이루었다고 한다.

나무를 심는 일은 훗날 목재만을 생산함이 아니다. 산림을 가꿈으로 주산물과 부산물을 생산하고 환경개선과 국민의 휴양은 물론이며, 국토보전과 수원함양水源涵養을 위한 자원의 효용 가치를 조성함에서다.

독일에서는 가문비나무 한 그루만 베면 벤츠 차 1대 값이 나온다는 일화가 있기도 하였다. 독일은 세계의 임업 선진국으로 학문의 기초를 세워 놓았고, 많은 나라는 이를 따라서 배웠다.

우리나라도 더 이상 가난하게 살아갈 수 없다는 생각에서 목재생산을 얻기 위해 1920경에 독일가문비나무를 도입하게 되었다. 수고가 30미터 이상으로 자라고 가슴높이의 직경이 적어도 3미터이상으로 자라는 우람한 나무가 아닌가. 이런 수종을 보고서 탐내지 않을 사람 있겠는가. 헐벗었던 산야에 가는 곳마다 나무들이 울울창창 자란다면 어찌 부자나라가 되지 않겠는가.

독일가문비나무는 오랜 환경적응 시험 끝에 드디어 전국산지에 부분적으로 소규모의 조성시험을 하게 되었다. 임목육종연구소의 끈질긴 노력 끝에 지금은 목적을 이룩된 곳이 많다.

과거에는 임업의 근본적인 단순한 목적은 목재생산에만 두었다. 지금은 공기정화와 환경개선, 효용가치의 숲으로 따져 볼 때 적어도 반세기를 지난 지금에 와서 바라보면 성공한 조림 수종으로 꼽을 수 있다고 하겠다. 오랜 세월을 두고 시름에 겨워 살았겠지만, 이제는 나무도 정착하여 고향인 듯 살아가겠지.

이 나무는 어릴 적에는 생장이 느리고, 자라나는 모습이 아름답다. 비교적 음지에서 생장이 강한 편이다. 이런 연유로 도시공원 또는 아파트단지의 조경수로 많이 식재되기도 하였다.

독일가문비나무는 자웅동주이다. 꽃은 4월 말에서 5월 초순경이 되면 개화하기 시작한다. 암꽃은 주로 가지 끝의 상단에서 자홍색으로 붓 펜 뚜껑 크기만 하게 곧추서 핀다. 푸른 하늘을 향하여 오똑하고 도도하게 피어 있는 모습은 멋스럽고도 고고하게 보인다. 꽃을 보면 이미 꽃잎의 편편이 솔방울 모형의 형태대로 인편이 형성되어있다. 수꽃은 황색으로 암꽃보다는 작으며, 중간 아랫부분에서 자연스럽게 핀다.

암꽃은 수정이 되고 나서 1개월 정도가 지나면 열은 녹색으로 변하여 솔방울의 형태를 갖추어 가지 끝에서 늘어져 자라고 있다. 솔방울은 10월 중순 이후면 성숙하여 인편이 벌어지기 시작한다.

독일가문비의 솔방울의 굵기와 크기는 보통의 바나나만 하다. 인편의 수를 세어보면 130~140개 정도가 된다. 인편 속에 들어있는 씨앗의 수는 250여 개가 들어있다. 솔방울은 매달려 있다가 이듬해 봄을 지나 줄기가 생장하면서 서서히 떨어진다.

씨앗의 모양은 소나무의 종자처럼 날개가 달려있다. 생김새도 솔 씨와 거의 비슷하나 날개가 타원형으로 조금 크게 느껴진다. 종자를 파종하여 발아 과정을 보면 생장하는 모습이 소나무 씨와 똑같다.

독일가문비나무와 가문비나무를 식별하려면 어리둥절하게 된다. 잎이나 줄기의 자라는 모습이 대부분이 비슷하여 식별하기가 어렵다.

성목일 때의 외형은, 독일가문비나무는 굵은 가지에서 자란 가느다란 가지는 밑으로 늘어져 있다. 마치 도포를 입고 서 있는 모습 같기도 하며, 바람에 일렁일 때면 긴 치마를 늘어트려 입고 얌전하게 춤을 추는 여인 같기도 하다. 가문비나무는 깔끔하게 정장을 한 모습처럼 보인다.

잎을 비교해 보는 방법이다. 독일가문비는 단면이 4각이 져 있으나 가문비나무는 편형이다. 잎의 길이는 분간하기 어려우나 독일가문비는 새순이 약간 긴 편이다. 꽃을 보면 독일가문비나무 암꽃은 길쭉하다. 가문비나무꽃은 짧고 몽톡하다.

열매를 비교하여 보면 독일가문비나무는 길고 크다. 반면 가문비나무는 길이가 짧고 작다. 확실하게 서로 간의 차이가 월등하게 난다.

두 수종은 어설피 보았다가는 오판하기가 쉽다. 나무의 올바른 식별을 하기 위해서는 이와 같은 특징을 많이 기억해 둘 수밖에 없다. 독일가문비나무 줄기의 가지가 차륜형車輪形으로 자라남도 하나의 색다른 점이라 하겠다. 우람한 독일가문비를 바라보고 있으면 마냥 마음이 흐뭇하다.

히말라야시이다

히말라야시이다 암꽃

히말라야시이다 수꽃 형성

●●● 학창시절에 조원학 견학실습을 하러 갔었다. 64년에 부산의 용두산 공원을 찾아갔던 생각이 난다.

공원의 푸른 오월 나무는 새로 돋아난 연둣빛 속잎이 어우러져 더없이 아름다웠다. 처음 보는 나무는 가지가 사방으로 늘어져

히말라야시이다 열매

땅에 닿을 듯, 마치 원뿔을 만들어 세워 놓은 듯 눈길을 끌었다. 처음 듣는 이름이지만 '히말라야시이다'였다. 자생지가 히말라야산맥에서 자라는 수종으로 우리나라에 식재된 연도는 1930년 경임을 알게 되었다.

마치 초록색 치마저고리를 입고 나들이를 나온 처녀 같은 나무다. 어찌 이리도 그 운치가 아름다운가. 오래도록 이 나무의 멋스러움을 잊을 수가 없었다.

젊은 날 보았던 아름다움에 반해 조경학 실습시간에 공원설계를 할 적마다 히말라야시이다를 배식하기를 원했다. 그러나 안타깝게도 추위에 약한 조경수이다. 생태적으로 중부지방에서는 월동이 어려움을 알았다.

80년도다. 학생실습을 위해 조경수를 견본으로 구입하는 과정에서 히말라야시이다 1주를 함께 신청을 하였다. 청주에서는 살아남기가 어려움을 알았지만, 건물이 찬 바람을 막고 있는 양지바른 위치의 정원에다 심었다. 겨울이 되면 동해를 입어 고사할까봐 늘 걱정이 되었다. 요행히 추위를 잘 견뎌주었다. 겨울이 오면 애간장을 태웠지만 다행히 해를 거듭할수록 쭉쭉 예쁘게 자랐다.

히말라야시이다는 차차 자라면서 원뿔형으로 푸른 잎을 매달은 채, 겨울이면 백설이 소복이 나무 위에 쌓여 한층 자연의 경관미로 색다른 멋을 내었다. 이런 아름다운 모습에서 그 누군가가 설송雪松이란 이름을 짓게 되었나 보다. 봄이 되면 학생들은 가느다란 가지를 잘라다가 삽목 실습을 하여 번식도 시켰다.

히말라야시이다는 20여 년쯤 되어서 10월 이후에 수꽃은 가지 끝부분에서 피었다. 애기손가락만한 굵기로 하늘을 향하여 노란 송홧가루가 날리었다. 마치 소나무의 송화나 비슷했다. 암꽃은 높은 가지에서 피어 아직까지 한 번도 보지를 못하였다. 작은 열매는 이듬해 여름이 되면서 진초록 잎의 가지 위에 연둣빛으로 둥글둥글 맺어 자랐다. 솔방울은 대부분이 주먹만 한 크기로 자랐으며, 늦은 가을이 되면 켜켜이 탑처럼 쌓였던 인편鱗片이 조각조각 갈라져 쏟아졌다.

인편에는 2개의 씨가 들어있다. 씨앗 크기는 해바라기 씨만하며 끝이 뾰족하고 날개가 달렸다. 날개는 얇은 막질膜質로 노랑나비의 날개를 연상할 만큼이나 크다. 히말라야시이다는 침엽수 중에서도 가장 큰 날개를 가진 것 같다. 바람이 불어도 씨앗이 커서 멀리 날아가지는 못했다. 바람의 세기에 따라 어쩌다 공중을 나르며 떨어지는 모습은 팔랑개비가 돌아가는 그런 모습 같았다. 마치 나비가 나풀나풀 나는 모습이랄까.

땅에 떨어진 씨를 주워서 손끝으로 힘주어 눌러 보았다. 손에 기름기가 묻으며 향긋한 내음이 스며났다. 어디서 많이 맡아본 향내다. 침엽수 종류에서 스며나는 저마다의 색다른 특유의 향기다. 나름대로 병원균 침입을 막는 피톤시드의 향료인 것 같다. 손끝을 서로 비벼보니 매끈거리며 보드라웠다. 송진처럼 끈적거리지는 않았지만 오래도록 향내가 은은하게 손끝에 남았었다.

발아를 시켜보고 싶었다. 땅에 묻기 전에 물에다 씨앗을 침지를 시켰다. 종자는 기름기가 있어서 물에 쉽게 가라앉지를 않았다. 이삼일이 지나자 차차 물속으로 가라앉았다. 사오일이 지나자 뾰쪽한 씨앗의 끝에서 하얗게 뿌리가 내밀며 돋아났다. 일주

일이 지나자 발그레하면서도 흰빛의 뿌리가 확연하게 자라는 게 아닌가. 상상도 못 했던 일이 벌어졌다. 어찌 이리도 빠르게 촉이 튼단 말인가. 혹여 씨앗이 나무 밑에서 비에 젖어 있었던 탓은 아닐까 하는 의문이 들기도 하였다. 흙에다 묻어둔 종자는 한 달이 지나서 겨우 싹이 돋아나기 시작하였다.

껍질을 뒤집어쓴 가느다란 잎은 이십여 일이 지나서야 자세히 볼 수 있었다. 우산을 펼쳐 드는 것처럼 열세 개의 잎이 사방으로 퍼져 자랐다. 생장점에서는 작고 가느다란 속잎들이 또다시 돋아나고 있었다. 30여 년 전에 심은 나무에서 맺은 씨앗으로부터 느껴보는 감회로움이었다.

중부지방에서도 산지 조림은 어렵지만, 이제는 도시 내의 공원경관을 위한 식재는 가능하지 않을까 하는 생각이 들었다. 히말라야시이다의 약점은 뿌리가 직근성이 아니다. 천근성이라 풍해의 위험성이 염려된다. 하지만 가지를 짧게 전지를 하여 상록수로의 새로운 경관미를 조성해 낼 수가 있는 조형예술의 기술이 필요할 것 같다.

우리나라에는 히말라야시이다와 유사한 잎갈나무伊叱可木와 일본잎갈나무가 자라고 있다. 히말라야시이다는 잎갈나무를 닮았다 하여 개잎갈나무로 부르기도 한다. 개잎갈나무는 잎갈나무落葉松와 너무도 비슷하다. 이런 의미에서 개자를 붙이게 된 이름이다. 잎도 가느다란 줄기에서 20~30여 개씩 묶여서 자라는 모습도 서로가 흡사하다.

개잎갈나무는 상록수로 솔잎이 짙은 녹색이며 부드러운 듯, 하지만 약간은 억세고 끝이 피침이다. 반면 잎갈나무는 가을이면 황금색으로 낙엽이 진다. 잎은 연녹색으로 아주 보드랍다. 개화기를 보면 개잎갈나무는 늦은 가을에 꽃이 피어 다음 해에 솔방울이 성숙한다. 잎갈나무는 봄에 꽃피어 가을에 작은 솔방울로 익는다. 겉으로는 비슷한 모습이지만 특성상으로 하나하나 비교해 보면 확연히 차이가 있다.

히말라야시이다 씨앗이
발아하는 과정

지금은 기후의 변화로 중부지방에도 히말라야시이다는 충분히 자랄 수 있을 것으로 믿어진다. 청주에도 히말라야시이다가 심겨진다면 조경 가치를 뽐낼 수 있으련만 그 아름다움을 볼 수 없음이 아쉽다. 금년 가을에는 많은 종자를 따다 파종해 키워서 지인들에게 분양을 해주어야겠다.

리기다 소나무 I

리기다 소나무 암꽃

리기다 소나무 암꽃

리기다 소나무 암꽃 성장 과정

●●● 사람은 뭐니 뭐니 해도 예의를 바르게 하고 살아가는 모습이 제일 인상이 깊다. 그러나 때로는 덤벙대거나 덜렁거리는 편이 밉지 않고 좋은 때도 있다. 우리는 흔히 동방예의지국임을 자랑으로 삼고 있으나 이제는 서구 문명이 범람하면서 이도 저도 무너져 가고 있다. 물론 동양에서만이 지키는 예의래야 꼭 예외로 알고 있지는 않지만, 외국은 외국대로 그 나라의 풍습과 예의범절이 있겠으나 근본적인 예의범절은 오륜五倫인 것 같다.

인간에게는 모든 연륜이 있듯 나무에도 나이테가 있다. 사람이나 나무도 세월이 흘러감에 따라 평가를 받게 된다. 이제는 인류도 식물의 천이관계遷移關係처럼 사람들도 환경에 따라 옮겨 살아가고 있다.

우리나라의 수목 종류는 육백여 종이 있고 변종과 품종을 합하면 천여 종에 달한다고 한다. 그 외 외국으로부터 도입되어진

수종만 하여도 수십 종에 이른다. 나는 그 나무들 중에서도 리기다소나무를 볼 적마다 제자인 '욱'이 생각이 떠오른다.

"어느 날 미국에서부터 낯모르는 재미교포한테서 편지가 왔어요. 수취인 주소는 대한민국 충청북도 청원군 미원면 버스정류소 주인아주머니 귀하. 만약 주인이 바뀌었으면 전 주인에게 전하여 주십시오."

궁금도 하고 해서 얼른 뜯어 보니

"저는 이십 년 전에 보은군의 어느 마을에서 살다가 미국으로 이민을 와 있는 사람입니다. 시골에서 살 때 자주 매표소에 들렸는데 귀댁의 고부간 예절 바른 모습을 늘 지켜보고 부러워했었습니다. 그때 아주머니한테는 어린 딸이 둘이 있었던 것으로 기억됩니다. 지금쯤은 성년이 되어 혼기가 차 있든지 아니면 출가를 하였을 것 같습니다. 그래도 아직 출가하지 않았다면 저의 며느리로 맞고 싶어서 주제넘게 글을 올리니 널리 이해하시고 꼭 회답을 주시기 바랍니다."

그 아주머님이 보신 대로 제게는 누님이 두 분이 계셨는데 큰누님은 결혼하셨고 작은 누님은 대전에서 교편을 잡고 계셨지요. 그 편지를 집안식구들이 모두 읽고는 어찌 되었든 고맙다는 인사의 글을 보내기로 하고 그 후 몇 차례 서신이 왔다 갔다 하였는데 그쪽에서 약혼식을 하러 한국에 오시겠다는 소식이 왔어요.

옛말에도 못 올라가는 나무는 쳐다도 보지 말랬다고 우리 집은 지난해 아버지께서 갑자기 사업의 실패로 재산을 다 날리고 집이 없어 벽돌을 쌓아 올려놓고 그 위에 슬레이트 몇 장을 얹어놓은 움막 속에서 살고 있는 처지였거든요. 방에 누우면 밤에는 하늘의 별들이 반짝반짝 보이니까요. 물론 다른 때도 그렇지만 특히 잠자리에 누었을 때는 더욱 괴로웠어요."

'욱'이의 착 가라앉은 목소리는 적이 실개울의 여울 물소리같이 떨렸고 두 눈에서는 아픔을 이겨내며 살아가고 있는 괴로운 눈물이 핑 돌고 있었다.

이야기를 듣고 있는 동안 어느덧 욱이의 슬픔이 나의 가슴에도 자신도 모르게 젖어오고 있었다.

"누님은 이 편지를 받고는 더 이상 변명할 수도 없고 해서 이번에는 누님이 직접 저희 가정 사정을 사실대로 소상히 적어 보냈어요. 그때 욕심 같아서는 가식을 써서라도 청혼을 기꺼이 받아들일 수도 있었겠지만, 도저히 결합할 수 없음을 솔직히 밝힌 거지요. 그런데 그쪽에서는 누님의 글을 믿는건지 믿지 않는건지 오히려 가문이 있는 집안이라 틀린다며 사람이면 그만이지 돈이 무슨 필요냐고 일방적으로 약혼식 날짜를 정하고 한국에 나오시겠다는 편지가 왔어요. 이러고 보니 우리 집에서는 당황도 되고 어안이벙벙했어요.

어찌 되었든 이렇게 해서 누님은 결혼을 하고 미국으로 떠났어요. 저는 누님하고 자취생활을 할 때 누님을 어머님 같이 생각을 했어요. 그러면서 누님 같은 여자분은 세상천지에 없을 것으로 늘 믿어왔어요. 학교에서도 실험실에 혼자 남아 자정이 넘도록 실험을 하고 계셔서 제가 자주 마중을 가서 함께 집에 돌아올 때는 무심천 제방을 걸었어요. 그때는 남매의 따뜻한 정이 깊어가는 고요한 밤하늘의 별빛 속에 더욱 빛나고 있는 것 같았어요. 그래서 지금도 누님이 보고 싶을 적에는 달무리 진 밤하늘을 바라보며 옛날을 회상하면서 무심천을 혼자서 걷고는 해요…….

지금은 못살지만, 옛날에 저희 할아버지는 가난한 사람을 많이 도와주셨대요. 그 보답을 받으려고 도와준 것은 아니지만 가정이 이렇게 되고 보니 오히려 그런 사람들이 더 업신여기고 있는 것 같아요"라고 들려주었다. 밤으로는 은행에 가서 아르바이트로 방범을 서고, 낮에는 학교에 와서 강의를 들으러 나오다 보니 시간에 쫓겨 끼니를 거르는 날이 더 많다 하였다. 그간의 어렵게 살아온 이야기를 쏟아 놓을 때 나의 연구실은 더욱 침울한 황혼이 창밖에서 밀려들고 있었다.

그러나 덕불고필유인德不孤必有隣 이란 말이 나의 뇌리를 스쳐 가고 있었다.

아무리 악목불음惡木不蔭이라고 가난하지만 멀리 보이는 리기다소나무 숲을 보니 '욱'이의 가정을 보는 듯도 하였다.

리기다소나무는 북미산으로 우리나라의 황폐된 산야에 푸르름을 쏟아 놓은 황무지의 개척수요, 선구목이 아닌가 싶다.

우리나라에 처음 들어올 때는 연료림 조성용으로 조림이 되어 왔지만, 지금은 어느 산을 가든지 경관을 이루고 있다. 소나무는 한번 자르면 움이 돋지 않지만 리기다소나무는 톱으로 밑둥치를 잘라내도 근원부에서 새싹을 돋아내고 있다.

나의 어릴 적에 가난과 추위에 떨던 농촌의 겨울을 녹여주던 리기다소나무의 푸른 가지와 솔잎은 잊을 수가 없다.

우리나라에서는 소나무류가 많아서 나는 리기다소나무를 잘 구별을 못 하였는데 지금은 쉽게 구별을 하고 있다. 한국의 처녀, 총각같이 아름다운 소나무, 시골 양반 같은 잣나무, 일본사람 같은 섬잣나무, 중국의 귀족 같은 백송, 중국 사람같이 생긴 만주흑송, 바닷사람 같은 해송, 서구사람 같은 유럽적송, 흑인같이 생긴 방크스소나무, 미국 소년 같은 리기다소나무 등이 있다. 리기다소나무는 잎이 한 곳에서 3개씩 묶어 나고 있고 좀 억세다. 이 나무는 다른 나무에 비해 희생적으로 살아가는 나무라서 나는 좋아한다.

리기다소년은 수만 리 이국땅에 와서 늘 외롭게 살아가고 있다. 나이가 들어 노총각이 되어도 혼자 살아가고 있어 이를 안타까이 여긴 어느 식물학자가 한국의 한 소나무처녀와 결혼을 시켰다.

그러나 그들은 애기를 갖지 못하여 할 수 없이 헤어지고 말았다. 어쩔 수 없어 미국에 가서 테다아가씨를 데려다 결혼을 시켰다. 그 후 미국의 처녀총각은 사랑을 속삭였고 끝내는 귀여운 옥동자를 낳아 아기 이름을 '리기테다소나무'라고 지었다.

리기다소년과 같이 '욱'이 매형도 고향이 그립고 한국의 소나무 같은 아가씨가 좋았던 모양이다.

리기다소나무는 송충이도 잘 먹지 않고 솔잎흑파리도 발생하지 않는다. 리기다소나무는 척박한 토양에서도 푸른 숲을 잘 이룬다. 푸른 숲속은 뻐꾸기가 울고 송홧가루가 날리던 고향도 담고 있다.

리기다소나무 숲속에 서 있으니 '욱'이의 모습을 보는 것 같고 리기다소나무처럼 살아가는 '욱'이에게서 송진처럼 끈끈하고 향긋한 리기다소나무의 송진내음이 나는 것 같다.

리기다 소나무 – 1년 자란 열매

리기다 소나무 특징 – 줄기에서 새순이 나온 모습

리기다소나무 2

리기다 소나무 암꽃이 1년 자란 모습

●●● 산을 오르다 보면 다양한 수목들이 모여 숲을 이루고 있다. 나무들 이름을 부르다 보면 저마다의 특징을 담고 있는 편

이다. 나무도 살아가다 보면 알맞은 조건을 따르지 않을 수가 없다. 모든 생명들은 편안하게 살아갈 수 있는 장소를 찾으려면 환경을 생각하게 되지 않는가 싶다.

나무도 역시 인간처럼 절대적으로 풍수를 따르지 않을 수 없다. 생명이 있는 생물들은 저마다 이주의 조건에서 환경이 잘 맞으면 번성을 하게 마련이다. 미국 남부지방에서 자라고 있는 리기다소나무는 우리나라에 오게 된 것도 지리적으로 기후적 조건과 환경이 비슷한 데서 종자를 도입하여 파종을 시작하게 되었을 것이다.

메마른 대지는 아무것도 원하지 않는다. 생명을 탄생시키고 헐벗은 땅은 푸른 숲이 되기를 바란다. 그러나 자연도 풍수에 맞지 않으면 생명을 지킬 수가 없다. 그래도 리기다소나무만은 생명의 고통을 이겨내어 푸른 숲으로 바꾸어 놓고 만다. 자신을 희생하여 가며 다른 생명들을 지켜주고 싶어 할 뿐이다.

씨앗의 생명은 수만 리를 와서 척박한 땅에서 그들의 영혼을 불태워 우리의 조국을 푸른 숲이 되도록 고통을 겪어 금수강산을 이루어 놓았다.

리기다소나무의 생명력은 알 수가 없다. 산화가 일어나 모든 나무가 생명을 잃고 검게 타버린 슬픈 폐허에서도 리기다소나무의 밑동은 파랗게 맹아萌芽가 돋아나던 모습에서 감동의 기억은 잊을 수가 없다. 모질고도 척박한 땅에서 뿌리를 내려 다시 살아가는 끈질긴 삶이 경이롭다.

리기다소나무가 우리나라에서 자라게 된 것은 1907년에서 1914년경으로 알려져 있다. 당시의 일본 사람인 우에키 슈칸植木秀幹이라는 수원농림학교의 교수에 의해 묘목이 생산되어 식재되었다 한다.

조선왕조실록에 의하면 〈순종실록부록 2권〉 순종 4년 12월 18일(1911년)의 기사에, 순종왕은 일본인들에게 포상을 하였다. 이 중에 수원 농림학교農林學校 교유敎諭 우에키 씨에게도 상금을 주고 세찬歲饌을 하사하였다는 기록이 있다. 우에키 교수는 무슨 이유로 상을 받게 되었는지는 자세히 알려져 있지는 않으나 외래종인 리기다소나무 양묘로 인하여 받지 않았을까 하는 추측을 하게 된다.

우리나라에 임학의 기초는 우에키 슈칸의 영향이 많았음을 상황으로 미루어 짐작할 수 있다. 한편 식물조사는 일본의 식물학자 나카이 다케노신中井猛之進에 의해 이루어져, 식물 이름이 붙여지게 된 것도 당시만 하여도 우리나라는 식물에 대한 학문 체계와 지식이 없었던 안타까운 시기이었다.

역사적으로 보면 가난하였던 우리 민족은 남해에서는 왜구들의 침입으로 괴로움을 당하여 왔고, 북으로는 오랑캐와 중국으로부터 시달려 왔다. 내부적으로는 당파싸움과 쇄국정치로 다양한 학문의 길을 밝혀가지 못하였음을 돌이켜 볼 수 있다. 이러하였음에 진귀한 식물조차도 알지 못하고 발견자인 나카이씨의 이름으로 학명이 붙을 수밖에 없었음을 어쩌겠는가. 눈뜨고 도둑맞는 꼴인들 보고도 이름을 몰랐으니 분통 터지는 일이 아닐 수 없다.

우리나라는 고려 시대 이후로 화전과 연료 채취는 물론이고, 목재의 이용과 전쟁 등으로 산들이 민둥산으로 변하여갔음을 조선왕조실록을 통하여 알 수 있다. 반면 일제의 산림 수탈로 인하여 더욱 산은 안타깝게도 황폐되어 갔다.

돌이켜 보면 나무에서 열매도 따 먹고, 나무를 마구잡이로 베어다 추위를 이겨냈고, 거목은 베어다 궁궐과 집을 짓고 배를 만들었다. 완만한 경사지는 산불을 내어 화전을 만들게 되므로 나무가 자라 숲을 이룰 수가 있었겠는가. 비만 오면 산사태가 일어나고 흙은 떠내려가 하상을 매몰시켜 홍수가 지면 가옥이 무너지고 논과 밭을 휩쓸어 오지 않았던가. 거기다 나라는 빼앗기고 핍박으로 살다 국민의 피눈물로 다시 나라를 찾았건만 정신도 차리지 못한 처지에 또다시 비극의 6·25는 더욱 산림을 황폐시켜 놓았다. 우리의 산하는 수 없는 상처의 민둥산이 아니었던가.

산림녹화를 위해 1960년 이후부터 사방조림이 시작되어 아까시나무, 오리나무, 리기다소나무가 식재되었다. 차차 경제 조림수로 식재되어 오늘에 이르게 되므로 산은 리기다소나무 덕분에 국토가 푸르게 되어있다. 낯선 이국땅에 와서 심겨진 리기다소나무는 이제는 대경목에 이르러 있다.

리기다소나무가 이렇게 자라기까지 얼마나 많은 고통이 따랐을까. 메마르고 척박한 땅에 뿌리를 내려 꿋꿋하게 자라온 나무다.

산에 올라가 리기다나무를 가슴으로 끌어 안아본다. 생명의 온기가 포근하게 안겨 오는 사랑을 느낀다. 조림한 숲을 보면 밀집되게 심어 놓은 대로 자란 곳은 서로 간의 생존경쟁으로 살아가는 모습들이 안타깝기도 하다. 그동안 간벌을 하여주었더라면 더 많은 이용가치가 있는 목재로 생산할 수 있었으련만, 우선 눈앞에 보이는 이득만 생각하다 보니 리기다나무 숲 관리는 뒷전으로 밀려나 있었다.

지난여름이다. 아내와 집에서 가까운 율봉산에 올라갔었다. 아내는 리기다소나무 굵은 둥치에 솔잎이 돋아난 것을 보고 병든 소나무라고 한다. 아마도 어디선가 대추나무가 빗자루병에 걸려있던 줄기를 보았기에 그렇게 생각하나 보다.

"여보, 이 나무는 병든 소나무가 아니고 리기다소나무라고. 줄기에 잎이 나오는 게 특징이지."

"나는 병든 소나무인 줄 알았지. 이런 나무 처음 보았어."

리기다소나무의 특징은, 나무줄기에 맹아萌芽가 많이 나와 자라란다. 밑동을 자르면, 줄기 주변에서 다시 새싹이 돋아나오는 생명력이 강한 나무이다. 잎은 3개씩 모여난다. 솔방울을 보면 실편實片의 끝에 피침이 돋아나 있어 마음대로 만질 수가 없다. 보통 솔방울로 생각하고 무심코 만졌다가는 가시에 찔리듯 아프다.

리기다소나무는 우리나라를 푸른 산으로 만들어 주려고 70여 년 전에 종자가 도입導入되어 와 자란 나무다. 이국땅에서 고향을 그리워하며 한 많은 세월을 살아온 리기다소나무다. 이러한 생각을 하다 보면 말 못 하는 나무라 하지만 어찌 가련한 생각이 들지 않겠는가. 한편으로는 고맙고 한편으로 측은한 마음이 든다.

이런저런 사정도 똑바로 모르는 사람들은 이제 와서 지난날 리기다소나무를 쓸모없는 나무처럼 폄하하니 참으로 안타깝다. 나무에 송진이 많고 옹이가 많아 펄프 재료에도 많은 화학처리를 하여야 하는 단점으로 천대시하기도 한다. 사람들은 어찌 하나만 알고 둘은 모르고 무용지용無用之用은 생각지 않는 것일까.

눈잣나무

눈잣나무 암꽃

눈잣나무 수꽃

눈잣나무 암꽃

눈잣나무 열매

●●● 백담사 입구에서 출발하여 설악산을 오른다. 굽이굽이 끝없는 오르막길은 말로만 듣던 녹수청산이 바로 여기구나. 길을 가며, 흐르는 맑은 물에 마음을 씻고, 푸른 산빛에 정신을 맑히니 가식의 뿌리는 사라지고 진실한 인생살이를 뒤돌아보게 한다.

고개를 들어 산을 올려다보니 높기가 이를 데 없고 계곡을 따라 흐르는 물줄기는 끝이 없다. 산고수장山高水長을 여기에 두고 하는 말이거늘 어찌 이 깊은 뜻은 모른 채 살아왔는가.

청산아 말해 다오. 봉정사는 아직도 멀었더냐. 하룻밤 쉬었다 가려니 깔딱 고개 넘는 길이 이다지도 지치는가. 해는 서산에 기우는데 어둡기 전에 이 고개를 넘어야 한다. 내 생전에 이리도 험한 길 처음이다.

설악산이 나를 보고 대청봉 가는 길은 아직도 멀었다 하고 바람 소리, 물소리는 계곡을 타고 흘러가다 나를 보고 쉬었다 가라 하네. 너른 바위에 앉아 무심코 하늘을 바라보니 흰 구름은 덧없이 살아온 인생길을 한탄만 하게 한다. 청산도 녹수도 이제라도 늦지 않았으니 모든 욕심 다 내려놓고 편히 살다 가란다.

헉헉거리며 깔닥고개 기어오르니 석양길은 금세 어둑어둑한 황혼길에 낯선 발길은 무겁기만 하다. 말로만 듣던 설악산 눈잣나무를 한번 보려고 젖먹은 기운마저 다 쏟고 쏟아 멀리 보이는 봉정사로 향하는 길은 그래도 마음은 여유롭기만 하다.

봉정사의 밤은 깊어가고 산천은 고요하나 잠이 오지 않는다. 산지사방은 어둠 속에 있으나 사리탑을 향하는 길은 불빛이 밝다. 바위에 오롯이 앉으니 하늘의 별빛은 허심한 가슴을 파고든다. 인생이란 무엇인가. 풍전등화처럼 바람 앞에 호롱불같이 꺼질까 애태우며 살다 가는 게 인생이 아니던가. 모두가 헛되고 헛되다면, 산은 산이고 물은 물이라는데 인생을 어떻게 살다 가란 말인가.

그래도 설악산의 눈잣나무만은 꼭 보고 싶다. 일명 천리송千

里松, 만년송萬年松, 혈송血松, 언송偃松이라 부르는 눈잣나무. 내 어찌 이리도 그가 그리운가.

기어코 1,600~1,700m의 대청봉을 올라가 길옆에서 군락을 이룬 눈잣나무의 고향을 찾았다. 생각대로 암꽃은 자줏빛으로 눈길을 끌며 수줍은 듯 피어 있고 열매는 봉긋하게 자라 푸른 잎 사이로 반겨준다.

눈잣나무는 비록 누워서 자란다고 깔보지 말란다. 나도 평지로 내려가면 곧게 서서 자랄 줄 안다고 한다. 설악산 중청봉 대청봉을 푸른빛으로 지켜온 그 의미는 무엇일까. 설한풍을 이기려 들면 가지가 꺾이고, 동해를 받게 되어 수명이 짧아진다는 이치를 알아 일 년 내내 거센 바람이 스쳐 감에 누운 채로 살아가야 한다는 뜻을 들려준다. 겸손을 가르침인가. 인간 처세를 일러줌인가. 살아가는 진리를 옛 선인들은 눈잣나무를 천리송이라 부르게 됨은 천년의 세월이 지나도록 옆으로만 자란다고 하여 부르게 된 이름인가보다.

설악산 대청봉에는 언제서부터 눈잣나무가 천이遷移되어 살아왔는지는 아무도 모른다. 또한, 그 나이가 몇 살인지도 확실치가 않다. 줄기를 살펴보면 수백 년의 연륜을 지닌 채 살아가고 있지 않는가.

겨우내 춥고 추운 영하 30도의 한파 속에 죽은 듯 눈 속에 파묻혀 있다가 봄소식 알아차려 다시 살아난 생명의 환희를 듣는다. 모든 기력을 다하여 또다시 종족의 번식을 위해 대청봉 기슭에서 하늘과 땅의 기운을 받아 꽃을 피우려 새순을 뻗어 푸른 잎을 달고 태양의 빛을 받아 잉태를 꿈꾼다. 그 이름 이어가는 끈질긴 생명력의 숭고함에 고개가 숙여진다. 종족의 자랑 됨을 지키려 수 없는 고통을 감내하며 모질고도 모진 환경 속에서 살아가야 하는 처지가 가엾다. 이런 마음으로 바라보고 있으려니 삶의 의미가 새롭게 느껴진다.

눈잣나무야. 넓은 땅을 두고서 하필이면 이 높은 산정에서 뿌리를 내려 살아가야 하는 이유라도 있더냐. 청청한 네 모습이 가련하나 어찌 고귀하지 않겠느냐? 배고파 하늘을 나르지 못하는 잣까마귀에게 먹이를 주고, 허기진 다람쥐에게 식량을 제공하니 그 높은 덕이 푸른 하늘에 닿는구나.

사시사철 푸른빛을 지닌 채 천년을 엎드려 인사를 하는 듯 겸손함을 가르쳐주는 눈잣나무다. 이 세상에 이런 인고의 세월로 살아가는 나무가 어디 그리도 흔하던가. 이 높은 설악산 정상 근처에서 낮은 키로 옆으로 기면서 자라나지만, 평지에다 씨를 심어보면 눕게나 구부리지 않고 곧게 선다고 하니 그게 사실인지 아닌지 시험을 하여 내 눈으로 보고 싶다.

잎은 잣나무를 닮아 다섯 잎씩 모둠으로 나지만 그 길이는 짧다. 잎의 뒷면은 기공선이 있어 흰빛이 난다. 수꽃과 암꽃은 육칠월에 한 나무에서 피는 자웅동주의 나무이다. 열매는 당년에 맺어 이듬해 구월이면 솔방울보다도 작은 구과毬果는 앙증맞은 모습으로, 어릴 때의 인편鱗片 은 파란 모습으로 스무 개 정도가 된다. 마치 아기의 엄지손톱처럼 생겨 씨앗을 감싸고 있는 모습이 깜찍스러우면서 귀엽다.

줄기는 누운 채로 자라다 땅에 닿으면 뿌리를 내린다지만 확인을 못 해보았다. 북풍한설에 얼마나 시달렸으면 이를 이겨내려고 키를 낮추며 땅바닥으로 엎드려 봄을 기다려 왔을까. 가련한 마음이 든다.

설악산의 눈잣나무는 누가 처음에 발견하였을까. 또 그 이름을 누가 지었을까. 학명에 드러난 레겔Regel은 누구일까. 자료를 찾아보니 러시아에서 활동한 독일 출신 식물학자이다.

눈잣나무(Pinus pumila(Pall.) Regel)는 1859년에 명명하였다. 우리나라의 모든 식물의 조사는 일본 도쿄제국대학 교수이던 나카이다케노신(中井猛之進, 1882~1952)이 하였다. 조선총독부 요청으로 1913년부터 우리나라 자생 식물을 조하는 일을 맡게 되었고, 1914년부터 식물조사가 이루어지게 되었다. 이후 한국의 식물학자들이 조선식물향명집(정태현, 도봉섭, 이덕봉, 이휘재 1937)에 의해 설악산 눈잣나무가 기재되었음을 알았다. 조선왕조의 쇄국정책은 문화와 학문마저 뒤처져 식물 이름마저도 일본학자에게 배울 수밖에 없었다.

눈잣나무.

그 이름을 부르며 고통스럽게 사는 것 같지만 그 모습은 고통스럽지 않고, 외로운 것 같지만 외롭지 않고, 도도한 듯 보이지만 도도하지 않으니 가히 그 자태가 천상천하 유아독존이 아닐런가.

땅과 하늘의 기운을 받고 청청한 줄기로 꽃과 열매를 맺어놓은 기상을 만나는 순간은 알 수 없는 기쁨의 감동이 오래도록

설악산 대청봉 눈잣나무 군락지

내 가슴을 푸근하게 만들었다. 그리도 보고 싶어 했던 내 평생에 잊을 수 없는 사랑하고 싶은 나무. 눈잣나무를 바라보는 순간 모든 번뇌가 사라지는 듯한 시간이었다.

메타세쿼이아

메타세쿼이아 수꽃 형성

메타세쿼이아 수꽃

●●● 새 한 마리가 나뭇가지에서 먹잇감을 찾는다. 그 모습이 마치 재롱을 부리는 듯하다. 연신 고개를 들었다 숙였다 한다. 그 모습이 예사롭지 않다. 머리에는 뿔이 나 있다. 뒷모습은 딱따구리 같기도 하다. 무슨 새 일까. 날아가는 모습이 인디안 추장의 머리에 쓴 모자 같다는 생각이 들었다. 후투새다. 순간 인디안의 세쿼이아라는 사람 이름이 떠올랐다.

세쿼이아는 1770년경에 미국 노스캐롤라이나 타스키기에서 태어난 체로키 인디안족이다. 세쿼이아는 글자를 읽고 쓰지 못하는 말을 적을 수 있는 85개의 글자를 만들었단다. 이후부터

'세쿼이아'는 인디언 가운데 자기네 언어를 쓰는 부족의 영웅이 되어 그를 기리기 위해 사람들은 세쿼이아란 이름을 높이어 주었다. 미국에서 웅장하게 자란 커다란 나무도 세쿼이아란 이름을 갖게 되었다.

세계적으로 많은 종류의 나무들이 있지만 세쿼이아란 이름이 붙은 나무는 레드우드세쿼이아Sequoia sempervirens 미국삼나무, 자이언트세쿼이아Sequoiadendron giganteum 빅트리, 메타세쿼이아가 있다. 세쿼이아의 이름은 태평양 연안에 자생하는 거대한 상록수로 삼나무에 세쿼이아란 이름이 붙여졌다. 상록수로 둘레가 10m 이상이 되고, 키는 100m 정도로 자라는 수백 수천 년 이상 살아온 나무다.

미국이 자랑하는 세계적인 거목이고 장수하는 2종의 세쿼이아와는 다른 화석의 나무가 발견되었다. 1941년 일본식물학자 미케시케루三木茂는 이를 메타세쿼이아로 보고 하였는데, 이것은 유명한 세콰이아를 연상하여 관심을 갖도록 한 것이라 한다. 메타Meta의 뜻은 세쿼이아Sequoia 와는 같은 종류와 멀다는 것을 의미한다.

1945년 중국중경재임中國重慶在任 임무관林務官 왕전王戰이 사천성과 호북성경湖北城境 모도계謀道溪 근처에서 흉고직경 2.3m,

수고는 35m의 신목神木을 발견하게 되었다. 하버드대학Dr. Merrill이 조사비용을 염출捻出하여 중국심검대中國深檢隊가 현지에 가서 종자를 채취하여와 이를 파종하였더니 발아가 잘되어 번식시킬 수 있었다고 한다. 이후 각국으로 묘목이 보급되어졌다.

메타세쿼이아가 우리나라에 최초로 도입되어 온 것은 1950년대이다. 이 나무는 공원이나 도로변에 조경수로 식재되어 자라고 있다. 침엽수로 키가 30m 이상 크는 교목으로 직경이 3m 정도까지 자라는 거목이다. 특히 줄기의 그루터기에서 부풀어 자라 밑동의 수형이 둔한 원추형을 이루거나 또는 민수름하게 큰 원추형을 이루며 치마폭의 자연스런 곡선처럼 만들어 내며 자란다.

학교에 근무할 적에 식목일을 기하여 제자들과 함께 심은 나무들이 어느덧 삼십 년의 세월이 흘렀다. 여름이면 장대한 숲을 자랑하고, 가을이면 석양노을 빛에 황금 같은 단풍 숲은 점점 붉은 색으로 매력을 담아내고 있다. 메타숲 길을 걷다보면 자신도 모르게 나무의 웅장한 기운을 받아 건강해진 듯한 기분이 든다. 나무를 끌어안고 귀를 대어보며 메타세콰이아와 교감되어 행복함이 느껴온다.

하늘이 준 천성天性을 그대로 받아들여 착하게 살아가는 하늘을 닮은天命之謂性을 느끼게 하고, 허세부리지 말고 인간답게 살아가라는 품성의 길道인 마음의 숲길率性之謂道을 걸으라 들려주고, 나무가 살아가는 헌신의 배움을 닦아 깨달음을 가르치敎는 스승修道之謂敎이 되라 들려준다.

나무는 사랑하는 마음을 받아들여 외롭지 않다하고, 나는 숲이 베푸는 고마움에 나무로부터 삶의 철학을 배운다. 오늘 따라 메타세쿼이아 숲길을 홀로 걸으며, 나무를 함께 심고 가꾸신 후 세월로 운명을 달리하신 은사님들 모습이 떠오른다. 또한 학문의 전당에서 젊음으로 배움을 불태우던 제자들도 그리워진다. 인생은 만나면 헤어지는 것, 오고 가는 것 회자정리會者定離의 의미가 새삼스럽다.

인생은 떠나가도, 심어놓은 나무들은 배우고 가르치던 학문의 의미를 메타세쿼이아는 살아있는 조림학 교재로 세월을 깨닫게 하고 있다.

늘어진 줄기를 바라보며 잎을 바라보았다. 푸른 잎의 형태는 잎줄기에 양쪽 편으로 끝까지 마주나 있다. 폭은 좁으나 가늘고 긴 듯 하며 약간 황갈색으로 바람에 팔랑대는 숲길은 마음속까지 시원하게 만든다.

어떻게 하면 이 나무의 열매를 딸 수가 있을까. 메타세쿼이아는 워낙 수고가 높아 종자를 채취하기가 어렵다. 씨앗에서 발아

되는 모습을 꼭 보고 싶다. 간절한 마음이 통하였을까. 궁즉통窮卽通이라더니 역시 궁하면 통하게 마련인가 보다.

어느 가을날이었다. 바람이 세차게 불어 나무 밑에 열매가 많이 떨어져 있다. 하나하나 주워서 들여다보았지만 이미 씨앗은 다 빠져나간 빈 방울뿐이다. 혹시나 하고 열매를 큰 비닐 봉다리 가득 주워다 종이를 깔고 방울을 털었더니 용케도 스무 알 정도의 씨앗이 떨어졌다. 작은 씨앗은 한쪽 편에는 날개가 붙어있다. 바람에 멀리까지 날아가 번식을 하도록 된 형상이다. 빈 쭉정인지 아닌지는 모르지만 이틀 동안 물에다 담가두었다가, 화분에다 마사토를 담아놓고 씨를 뿌렸다. 고운 흙으로 얇게 덮고 분무기로 물을 뿌려주었다. 그리고 마르지 않게 종이로 살짝 덮어 놓았다. 일주일이 지나면서 조바심이 일기 시작하였다.

두 주일이 되면서 새싹이 돋아나기 시작되었다. 그 어느 나무의 종자의 발아보다도 가슴이 설렜다. 어찌 이리도 여리고 작은 싹이 자라서 수백 수천 년의 세월을 살아간단 말인가. 쪼뭇한 두 잎이 양쪽을 갈라서 당당하게 푸른빛을 발하며 솟아났다. 처음부터 모수의 잎의 모양으로 자라나올 것으로 상상을 하였었는데 그렇지가 않았다. 차츰 자라나면서 유전성이 들어났다. 결국 씨는 부모의 모습을 속일 수가 없다 함을 다시금 깨달았다.

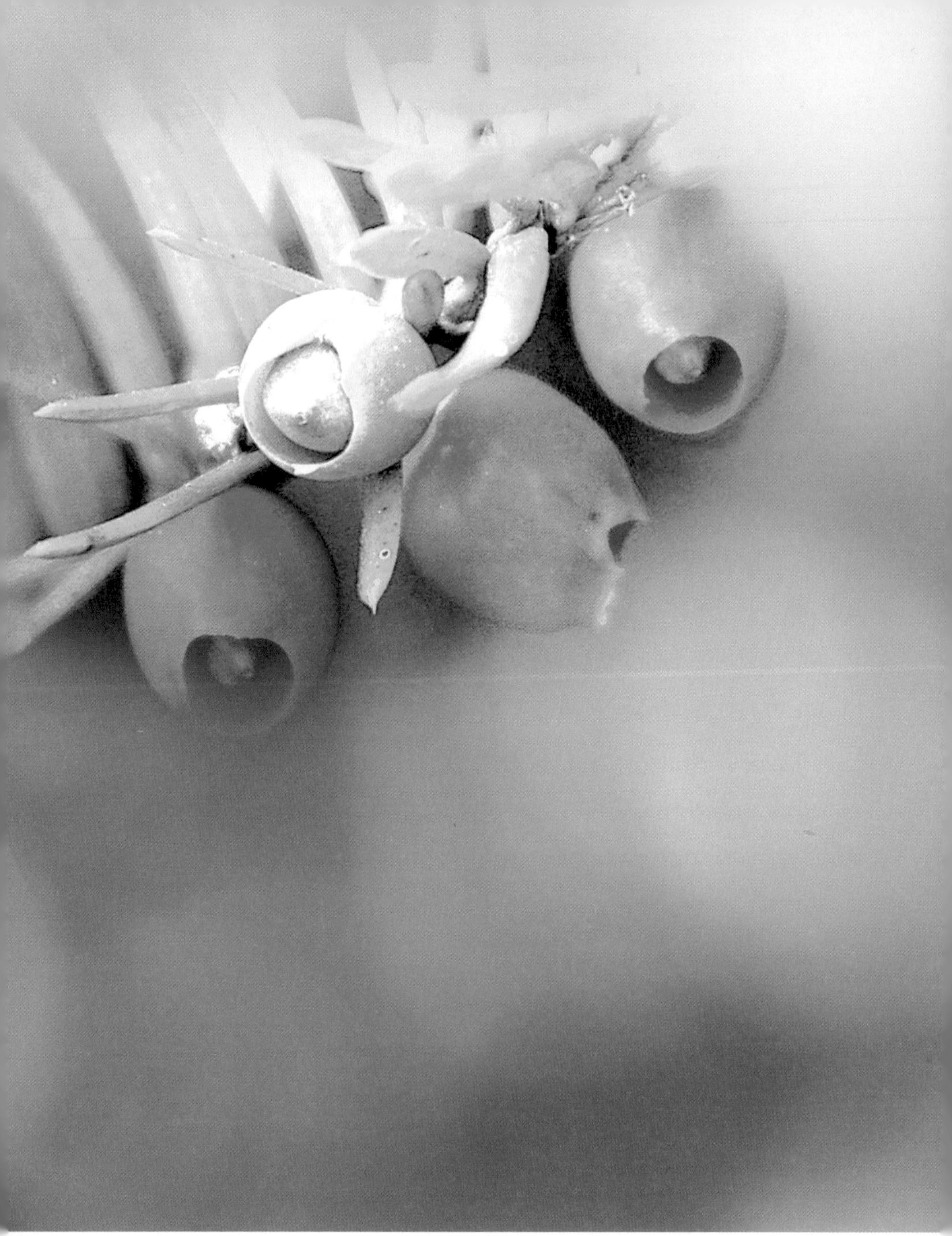

4부

침엽수가 부르는 노래

이 가을엘랑 푸른 소나무의 기상으로 노래하다,

세월이 가고 나면 낙목한천落木寒天 겨울 산자락에

외롭게 서 있는 노송이고 싶다.

해송 海松

곰솔의 암꽃과 수꽃

해송(곰솔)암꽃

해송새순

●●● 눈보라가 치는 날 해변을 걷던 지난날이 그립다. 겨울 바닷가는 쓸쓸할 것 같지만 눈 오는 날은 외롭지가 않다. 파도치는 소리와 해송 숲으로부터 들려오는 솔바람 소리를 들으며 모래사장을 걸으면 사각거리는 발걸음 소리가 그 어느 때보다도 화음을 이룬다. 운명의 교향곡이 밀려오는 듯 가슴이 벅차오른다. 쏴 하고 밀려왔다가 사르르 밀려가는 파도 소리의 세찬 물결 소리는 마음을 마구 흔들어 놓는다. 잃어버린 세월의 실타래가 한없이 풀려나가는 듯 해송의 바람 소리는 사정없이 목덜미를 훑고 지나간다.

어쩌면 눈보라가 치다 그친 후의 바라보는 해송 줄기의 멋스러움의 운치가 매력적이다. 온몸은 하얀 두루마기를 입고 서 있는 성스러운 선비들의 아름다운 모습이다. 이런 멋은 바닷가에서만 느낄 수 있는 겨울 풍치가 아니던가.

해송은 해변의 방풍림으로 바닷가 사람들로부터 사랑을 받아오는 나무이다. 억센 바람을 온몸으로 다 막아내는 아픔은 처절하리만큼 고통이 따르고 있다. 이를 이겨내는 생명력은 모질기가 이를 데 없는 강인함으로 살아간다.

어디 그뿐인가. 해송은 여름이 가까워져 오면 바다의 생명인 염분을 담은 짭조름하면서도 비릿한 맛을 내는 해무에 감싸인다. 겹겹이 싸인 안개 속에서 해송은 숨을 고르며 살아간다. 어둠이 내려앉는 듯한 옅은 해무에 서 있는 노송의 모습은 수묵화의 아름다움을 연상케도 한다. 어느 때는 먼 산기슭으로부터 서서히 영상으로 들어내는 바닷가의 신비로움은 예술미의 극치를 담아낸다. 어찌 이뿐일런가. 초승달이 해송의 가지에 걸려있는 고요한 밤, 잔잔한 파도 소리를 들으며 나무에 기대어 남편의 고깃배를 기다리던 애타던 아내의 심정을 곰솔만은 안다.

해송의 푸른 잎에 맺혀있는 송로松露가 아침 햇살에 반짝일 때는 마치 신비의 세계로 감탄이 절로 나온다. 수천수만 개의 은구슬을 솔잎에 꼬여 놓은 듯 찬란함은 눈을 부시게 만든다. 여름이면 해무로 덮여 있다가 서서히 걷히는 해송 방풍림의 해변을 한없이 걷고 싶다.

해송海松은 일명 흑송黑松이다. 어느 이름을 먼저 부르게 되었는지 정확히 알 수는 없다. 한자의 뜻을 풀이하면 바닷가에서 자라는 소나무류로 붙여진 이름이 해송이지만, 외형으로는 줄기가 검은빛이 나고 있어 흑송이라고도 한다. 한글의 표기로는 곰솔이다. 줄기가 곰처럼 검은빛이 난다고 하여 곰솔이라 부르게 된 것 같다. 똑같은 수종을 갖고도 사람마다 부르는 이름이 서로 다르다.

해송과 소나무를 대하면 구분하기가 어렵다. 일반적으로 사람들은 소나무 줄기는 붉다 하여 적송赤松, 해송은 검다 하여 흑송黑松으로 분류하기도 한다. 소나무의 자생지를 크게 해변과 육지로 나누어 바닷가에서 자라고 있는 나무를 해송海松, 내륙지방에서 자라고 있으면 육송陸松이라고도 불렀다.

해송과 소나무는 무의식적으로 바라보면 모습이 똑같아 대다수가 같은 품종으로 분류하기가 쉽다. 잎은 2개씩 묶여 나오는 모양이 같다. 만져보면 해송은 억세게 느껴지나 소나무 잎은 약간 보드라운 편이다. 솔방울 생김새도 거의 똑같다. 솔방울의 크기도 비슷하나 해송이 약간 크다. 줄기를 보면 해송은 다소 검은색 빛깔이 난다. 소나무는 붉은빛이 돌아 서로의 구분하기가 매우 어렵다. 더군다나 해송과 소나무와 수정受精이 이루어져 자라고 있는 나무도 있어 더더욱 가늠하기가 힘들다. 해송은 어딘가 모르게 남성적인 느낌으로 기운차고 씩씩한 모습이지만, 얼핏 보아서는 소나무와 구분하기가 아주 애매하다. 어린나무일수록 식별이 더 어렵다. 어쨌든 수령이 높은 해송은 수피가 검으며 투박하다. 소나무의 줄기는 외모상으로는 붉고, 중간 부위의 수피는 얇게 떨어진다.

해송의 특징은 해변에서 살아가는 적응력이 그 어느 나무보다도 강하다. 봄이 되어 새순이 올라올 때 보면 금세 알 수 있다.

봄에 나오는 상순은 하얀 소금을 뒤집어쓰고 자라는 것처럼 백색을 띠면서 약간 은백색 빛깔이다. 소나무의 새순은 붉은빛이다. 해송과 소나무와의 구분이 어려울 때는 봄에 새순을 비교하여 보면 대번 알 수 있다.

해송은 소나무와 결혼하여 자연스럽게 잡종을 잘 만든다. 그 잡종을 간흑송間黑松이라고 한다. 대체로 줄기가 곧고 생장이 빠르게 자라는 형질로 우량하다. 해송과 소나무와의 자생하는 분포경계를 따지기는 어렵다. 바닷바람에 의해 꽃가루받이가 이루어지기 때문에 오랜 세월이 흐르는 동안 내륙에서도 이러한 교잡종이 자라고 있다. 해안을 따라 분포해 있는 해송의 유전자는 이러한 잡종과정을 통해서 소나무가 자라는 내륙 쪽으로 전파되어 잡종강세의 유전자遺傳子가 우세를 이룬 송림 현상을 나타낸다.

우리나라의 소나무는 1928년 일본 산림학자 우에기 호미키植木秀幹 교수가 조사한 품종을 보면 6가지 형으로 되어있다. 동북형東北型, 중남부 평지형, 중남부 고지형, 위봉형威鳳型, 안강형安康型, 금강형金剛型으로 분류했다. 수천 수백 년 동안 토양과 기후의 환경조건에 의해 자라남에 수형樹型이 제각각이다.

건축가는 통직한 나무를 좋아하지만, 화가는 꾸불꾸불 굴곡으로 자라는 소나무를 화폭에 담기를 좋아한다. 문인들은 소나무에 부는 바람 소리를 듣고, 문장으로 표현을 하였다. 율곡, 퇴계 선생은 산 계곡 소나무에서 들리는 소리를 송뢰松籟라 표현하였고, 김시습은 송도松濤, 송성頌聲이라 하였다. 선인들은 소나무에서 들려오는 소리가 얼마나 운치가 있었음을 느꼈으면, 칠태도七胎道에까지 들어있을까. 산모가 임신하였을 때 아기를 위해 태교胎教를 알아야 한다. 방법으로 풍입송風入松이라 하여 소나무로부터 솔바람 소리를 듣고자 노력하라 하였다. 조선 시대의 사대부 집안에서는 임신부는 소나무 숲에 가서 송운松韻을 듣게 하였다 한다. 솔바람 소리를 들으면 태아의 정신이 맑아지고 건강하게 아이를 낳을 수 있다 하였다.

해송이나 소나무 씨를 파종하여 보면 발아하는 모양이 똑같다. 새싹이 돋아나는 모습을 보면 솔잎이 2개가 나올 줄로 알았는데 보통 자엽이 6잎이 나온다. 점차 자라면서 나오는 새잎은 2잎씩 묶여 나오는 생태의 원형으로 돌아왔다. 왜 이런 모습으로 탄생하는 걸까. 어릴 때는 살아남기 위한 생명의 이치를 터득함에서 이루어짐일런가. 참으로 의아하다.

해송아, 어찌 너만은 봄에 돋아나는 상순이 은백색으로 자라느냐?

은행나무

은행나무 암꽃

은행나무 수꽃

은행나무 열매

●●● 우리 속담에 "마주 보아야 열매를 맺지"라는 의미는 은행나무를 두고 한 말이다. 은행나무는 수나무와 암나무가 따로 있어 가까이 있어야 열매가 열린다는 뜻이다. 사람이 마주 보고 대하여야 더 인연이 깊어짐을 은행나무에 비유하여 표현함이다.

은행나무는 중국이 원산으로 세계 1속 1종의 나무로 지구상에서 가장 오래 살아남은 화석식물로 알려져 있다. 씨를 할아버지가 심으면 손자 대에 가서나 열매를 딸 수 있다고 하여 일명 공손수公孫樹라고도 부른다. 그만큼 오랜 세월이 걸려야만 열매가 달린다는 기다림에서 한 말인 듯싶다. 그러나 조림학실습 경험에 의하면 종자를 파종해서 15년 정도가 되면 열매가 조금씩 달렸다. 종자를 파종할 적에는 언제 자라서 열매가 열리게 될까 궁금하기도 하였다. 무럭무럭 자라던 은행나무에서 우연히 열매를 발견하였을 때 마음이 흐뭇하였다.

예전에는 은행나무를 귀히 여겼다. 천년의 세월을 두고 사는 나무로 푸른 잎은 가을이면 황금부채로 변하여 황홀하게 만든다. 아마도 은행잎 단풍만큼 정감이 가는 나무도 없을 상 싶다. 잎에는 살균, 살충 성분을 함유하고 있어 벌레가 꼬이지 않아 단풍잎이 깨끗하다. 잎을 가만히 들여다보면 오리가 뒤뚱뒤뚱 걸어가는 오리발 모양으로 생겼다고 하여 압각수鴨脚樹라고도 부른다.

은행나무는 유서 깊은 나무로 그 지역의 이름 있는 절이나 향교, 사당에는 수백 년 묵은 나무들이 서 있다. 이런 나무들은 저마다 전설을 다 갖고 있지만, 청주중앙공원의 압각수는 동국여지승람에 그 일화가 역사로 남겨있다. 고려 공양왕 때 누명을 쓰고 청주 감옥에서 옥살이하던 이색李穡 과 권근權近 등, 10여 명이 감옥에 있을 때 큰 홍수가 나서 압각수에 올라가 생명을 구하여 살아났다. 공양왕은 이런 이야기를 전해 듣고 하늘은 이들에게 죄가 없음을 보여 준 것이라 하여 석방을 하였다 한다.

은행나무의 암꽃과 수꽃은 푸른 잎이 피어났을 5월에 잎겨드랑이에 숨은 듯 피어난다. 더군다나 암꽃은 녹색으로 색깔도 잎과 비슷하여 관심을 가지고 바라보기 전에는 여간해서 보기가 힘들다.

일반 식물은 화분으로 수분이 이루어지고 있다. 그러나 은행나무만큼은 화분이 자라서 정자로 변하여 수정이 이루어지려면 4개월 이상 걸리는 게 식물학 상으로 특징이다. 은행나무의 화분이 정충을 가졌다는 사실도 1896년 히라세平瀨作五郎라는 일본 학자가 처음으로 발견하여 세계를 놀라게 하였다고 한다.

우리나라는 은행나무가 70년대 이후 경관수종으로 또는 가로수로 선호하면서 많이 식재를 하였다. 잎이 두꺼워 공해에 대한 적응력이나 내화성耐火性이 강한 조경수로 알려져 있다.

열매가 귀했을 때는 은행나무를 소중하게 여겼으나 지금은 흔하다 보니 고약한 냄새로 암나무를 싫어하고 있다. 은행에는 다양한 성분이 많이 들어있어서 폐결핵과 천식 환자가 오래 먹으면 약리작용으로 효과가 있어 예로부터 민간용 약으로 널리 알려져 왔다. 요즘은 은행잎에 징코민 성분이 많이 함유되어 있다 하여 약용으로 이용하며, 성인병 예방에 효과가 있는 것으로 밝혀져 현대의학에서 많은 연구가 진행되고 있다.

번식방법은 정선한 종자를 가을에 습기가 있는 깨끗한 모래에 묻어두었다가 봄에 파종하면 발아가 잘 된다. 노천매장을 하지 않았을 때는 일주일 정도 맑은 물에 담가두면 삼사일 정도 지나면 은행이 불어서 가라앉는다. 물에 뜨는 종자는 따로 건져낸다. 이 씨앗은 빈 쭉정이거나 미흡종자다. 바닥에 가라앉은 열매를 건져내어 파종하면 된다.

파종은 묘판에다 얕게 고랑을 만들고 5cm 정도 간격을 두고 한 개씩 심고, 종자의 두 배 정도가 되게 고운 흙으로 덮고, 건조하지 않게 짚을 덮어 준다. 한 달 후쯤이면 발아를 시작한다. 은행나무는 어릴 때는 다른 나무들에 비하여 생장이 빠르다. 가지를 뻗지 않고 외대로 쭉쭉 자란다. 새싹이 돋아 올라올 때의 감격스러운 마음은 하나의 생명을 탄생시켜 내는 신비감은 자신이 다시 태어나는 어떤 희열감을 느끼게 한다.

목재의 재질이 단단하고 결이 치밀하며 벌레가 잘 먹지를 않아 고급재로 사용된다. 특히 수축이 적어 바둑판을 만들기도 한다. 적어도 50년 이상은 자라야 재목으로서의 가치를 발휘할 수가 있다.

은행나무는 뭐니 뭐니해도 가을의 정취가 가장 아름답다. 황금같은 낙엽이 바람에 날려 떨어진 가로수길을 걸으면 그 기분은 마치 사색에 잠겨있게 하여 정처 없는 나그네로 만들어 놓는다.

방크스소나무

방크스소나무 암꽃

방크스소나무 암꽃

방크스소나무 수정후
열매 성장 과정

방크스소나무 열매

●●● 세상에는 천한 것도 많지만, 귀한 것이 더 많다. 사람이 생활하다 보면 자연은 하나하나가 다 소중하다. 아마도 지구상의 인간만이 그 가치를 알고 이를 다양하게 이용하며 살아가지 않을까. 사람이 불火을 발명함으로 가장 큰 인류문화의 변화를 가져왔을 것이다. 불이 발명되고부터 수많은 생명들이 죽임을 당하며 살아간다. 자연의 생명 앞에는 불은 항상 위험을 안고 있다. 불은 절대적으로 필요하기에, 생사를 함께하는 화마火魔가 우리 곁에 늘 존재한다.

나이 20대 후반 청춘 시절이었다. 그때 나는 월악산을 지키는 산지기이었다. 누가 도벌을 하나, 소나무 송진 채취를 하지 않는지, 산에 불을 질러 화전을 일구지 않을지. 이 중에서도 가장 큰 걱정은 산불이었다. 특히 늦은 가을부터 초여름이 올 때까지가 가장 걱정을 하며 순산을 하였다.

아니나 다를까. 사월에 산화가 일어났다. 이틀 동안 산불을 끄지 못하여 수백 헥타의 산림이 전소되었다. 그때를 생각하면 아직도 가슴이 벌렁댄다. 경사가 급하고 암석지대라 사람들은 올라가서 불을 끌 수도 없었다. 능선에다 불길을 막는 방화선을 설치할 수밖에 없었다. 산불을 끌 적에는 절대로 불머리에 서면 위험하다. 자칫 화염에 휩싸일 수가 있다.

산불은 바람이 불지 않으면 지면의 잡초와 낙엽이 타는 지표화地表火로 번진다. 또는 낙엽 속의 토층으로 번지는 지중화地中火는 산불을 끄거나 방화선을 조성하여 놓는다. 그러나 산불이 나면 바람이 만들어진다. 바람이 불면 나무줄기가 타는 수간화樹幹火나, 나무의 꼭대기의 잎에 불이 붙는 수관화樹冠火로 번진다. 수관화는 해일海溢처럼 불머리가 순식간에 수십 미타로 번져나가 무서워 깜짝깜짝 놀란다. 때로는 회오리바람이 일어나 눈 깜박할 사이에 큰 불기둥이 검은 연기와 함께 하늘로 치솟아 올라간다. 멀리 있어도 빨려 들어가는 기분이다. 산불이 지나가고 난 후의 허탈감과 폐허가 된 자연의 시체들을 눈물로 바라보며 슬픔으로 허무감을 느낀다.

황막하게 된 산지는, 한 달쯤 지나면 어쩌다 땅속에 묻혀 있는 종자가 발아되어 나오는 생명과 나뭇등걸에서 새싹이 돋아나는 푸른빛을 보는 순간은 참으로 경이롭다. 살아있다는 자연의 생명력이 사랑의 의미로 전해져오는 신비감으로 되새기게 한다.

산림은 예전처럼 복구되려면 종자가 바람에 날아와 발아하고 정착에 이르기까지는 수년이 걸린다. 산림이 원상복구가 되기까지는 적어도 50여 년에서 200년의 세월이 지나야 숲이 이루어진다고 생각할 수 있다. 물론 산지의 경사나 지형으로 환경조건에 따라 다를 수는 있다. 산화가 났을 때는 풍속과 화중火中의 변화는 연소燃燒되는 식물의 생명과 관계가 된다. 하층식생이 적어 불길이 약하면 내화성이 강한 수종들은 다시 살아날 수 있다. 불길이 강해도 수피가 두꺼운 굴참나무는 산다. 침엽수 종류는 송진이 많아 불길에 잘 타고 고온의 열기에 죽는다.

모든 나무는 산불을 무서워한다. 그러나 방크스소나무Pinus banksiana만은 산화山火를 좋아하는 나무다. 왜 이 나무는 산불을 좋아할까? 종족 번식의 특징을 지니고 있다.

모든 생명들은 불을 무서워한다. 그러나 방크스소나무는 불을 기다린다고나 할까? 이 나무의 솔방울은 비늘조각鱗片이 닫혀있는 채로 수년간 나무에 그대로 매달려 있다. 열이 가해져야만 그제서 인편이 벌어져 씨앗이 쏟아져 나온다. 땅에 떨어진 씨는 조건에 따라 발아를 하게 된다. 땅속에 묻혀 있던 솔방울도 이제서 새싹을 틔울 수 있다. 어찌 이런 운명으로 살아간단 말인가.

방크스소나무의 고향은 미국 동북지방과 캐나다이며 북아메리카 지역에 분포하는 수종이다. 방크스소나무가 우리나라에 최초로 도입된 것은 1924~1936년도이다. 북미, 캐나다, 오스트리아에서 종자를 도입하고 양묘하여 남북한에 걸쳐 지역별 조림시험을 실시하였다. 그러나 안타깝게도 1950년 6·25전쟁 때 임업시험장이 폭격을 맞는 바람에 자료가 소실되어 그 결과는 알 수 없다 한다.

그 후 1972년에 임업연구원 임목육종부수원에서 미국, 캐나다에서 종자를 도입하여 왔다. 이듬해 새로운 조림수종 선발을 목적으로 시행하여 양묘를 하게 되었다. 1975년에는 전국을 대상으로 강원 춘천, 경기 화성 봉담 · 속달, 충북 청원, 경북 월성, 경남 양산 지역에서 지역별 적응성 조림시험을 실시하였다는 연구문이 있다.

방크스소나무를 중부 임목육종장에서 대단지로 식재하여 놓은 곳이 있다. 충북 제천 월악산사시리골에 가면 수려한 숲을 만날 수 있다. 조림의 목적은 국토보전에도 있지만, 경제적 활용으로 목재생산을 위함에 있다. 또한, 수원함양水源涵養과 풍치보전風致保全, 휴양공간 제공에 있으며 아울러 공해방지公害防止와 야

생동물 번식 등의 기능을 위해서다. 잣나무 같은 경우는 목재생산과 잣 생산을 목적으로 할 수 있다.

90년도 경에 월악산으로 식물채집을 갔을 때다. 방크스소나무 조림지를 지나가게 되었다. 방크스소나무는 솔방울의 모양이 특이하다. 사람들이 솔방울을 채취를 하고 있었다. 공예작품 제작에 이용하는 재료로 수출을 구상한다는 관리자로 부터 들은 이야기가 새롭게 들려 잊혀지질 않는다.

이국땅에서 자라는 방크스소나무를 바라보며 고향을 잃고 개척정신으로 살아가는 모습들이 애처롭게 느껴졌다. 아마 저 나무도 사람처럼 말을 할 줄 안다면 타향살이의 슬픔을 애절하게 호소하였을지도 모른다.

방크스소나무는 상록침엽 교목으로 잎은 아주 짧다. 소나무 잎의 반 정도 크기만 하며 비틀어져 있다. 키는 20~24m 정도로 크며, 줄기의 굵기는 직경 30~50cm 정도 자라는 수종이다.

목재는 건축재나 펄프 재료로 이용한다. 임목은 조경수로 이용되고 공원에 심기도 한다. 그러나 수형이 아름답게 느껴오지 않으나 솔방울이 시선을 이끈다. 방크스소나무는 종족 번식을 위해서 화술사火術師처럼 늘 불길을 그리워하는 나무이다.

방크스나무 솔방울

낙엽송

낙엽송 암꽃

낙엽송 암꽃

낙엽송 암꽃 성숙과정

낙엽송 솔방울

성장한 낙엽

●●● 마음이 가난하면 아름드리 낙엽송을 안아보고, 눈이 피로하면 속잎 트는 봄날의 낙엽송 가지를 바라본다. 연인이 생각나면 지난해 자란 가지를 훑어 향기를 맡는다.

오월의 물오른 가지에 연초록 수술 같은 잎을 달고 서 있는 아름다움은 내가 그리워하던 여인이 타고 시집간 각시가마에 달린 수술같이 느껴진다. 가느다란 낙엽송 가지를 잡아 훑어 곱게 벗겨진 파릇파릇한 잎이 달린 껍질을 목에 걸고 산길을 걸으면, 내 어릴 적 소녀가 찾아올 것 같기만 하다.

푸른 산 언덕에 누워 보드라운 풀잎 위에 뒹굴면 하늘을 찌를 듯 쪼~옥 곧은 낙엽송 가지 사이로 바라보이는 푸른 하늘의 흰 구름은, 어쩌면 소녀의 흰 옷자락같이 더 곱게 보이기도 한다.

나는 낙엽송 같은 사람이 좋다. 이웃과 다투려 하지도 않고 오직 넓고 푸른 하늘만을 바라보며 곧게 살아가려는 그 마음이라서 좋다. 열매도 공연스레 아무 때나 맺으려 들지도 않고, 오륙 년에 한 번씩 맺는 옹골찬 삶을 갖는다. 아마도 이 모두는 산자수명山紫水明한 곳에서 사는 탓인가 보다.

나는 이런 연유에서인지 낙엽송이 자라는 숲속을 걷기를 좋아한다. 녹색으로 물든 숲속을 걷다 보면 어느덧 마음마저 파랗게 물들어 버린다. 옷에 밴 푸르름을 훌훌 털어버리면 아름다운 잎은 어느새 노란 가을의 낙엽으로 쌓인다.

가을의 낙엽송 숲속을 걸을 때의 운치는 더 잊을 수가 없다. 산들바람이 가지 끝에 쉬면 소리 없이 쏟아지는 노란 낙엽을 맞으며 걸을 때의 아름다움은, 추억을 샘솟게도 하고 사랑의 세레나데에 젖기도 한다.

월악산을 가는 꼬부랑재를 넘어 낙엽송의 숲길을 가던 나의 감회롭던 마음은 누구도 모르리.

조림을 감독하며 심어놓은 수십만 본의 낙엽송에서 나의 모습을 본다. 나는 당시 갓 학교를 졸업한 새파란 총각이었었다. 이 나무는 그때의 내 나이만큼 되어있어서 그런지, 내 젊음을 바라보는 것 같기도 하고 꼭 내 마음을 알 것만 같다.

국가적 산림 시책의 화전 정리로 국유지부터 시행이 되었다. 월악산은 충북대학교 임학과 연습림으로 조림을 한다는 사전통보를 하였다. 그러나 화전민은 오갈 곳이 없었다. 딱한 사정은 알지만 어쩔 수 없이 산꼭대기의 화전부터 조림을 시작할 수밖에 없었다. 조림할 인부들이 산에 도착하여 몇 그루씩 심고 있는 중이었다. 귀틀집에서부터 여인의 울음이 들려오더니 밭으로 달려와 몸부림을 치며 내 앞에 와서 드러누우며 나뒹굴었다. 그녀의 애절한 울음은 봄날의 산천마저 울렸다. 나는 그 여인이 비탈진 밭에서 굴러가 다칠까 봐 붙들고 달래다가 가련하고 처절함에 함께 울었다. 나무를 심던 모든 인부들도 그 자리에 주저앉아 눈물을 훔치며 먼 하늘만 바라다보았다.

그러던 세월이 언제이었던가. 지난여름 학생실습 때다. 이 고개를 넘으면서 추억을 떠올리기도 하고, 커가는 아름다움에 이 나무 저 나무를 사랑으로 안아보기도 하고, 내 따뜻한 볼을 대어보기도 하였다.

"나무야, 너는 내 고통도 슬펐던 눈물겨운 아픔들도 다 알고 있지. 너도 이 만큼 자라오면서 나보다도 더 많은 고통이 있었겠지. 네 곁을 떠난 후 널 너무도 잊었구나. 왜 내가 이런 사람으로 변했는지 모르겠다. 다음에 또 오마……."

뒤를 돌아보며 또 돌아보며 내 젊음을 쏟아 산을 관리하며 자연과 정들었던 산비탈 길을 내려왔다. 이토록 오래도록 흐뭇한 마음이 또 언제 있었던가.

어느 땐가 묘포장에 낙엽송 종자를 파종하여 예쁘게 발아되었을 때, 관리 소홀로 새싹들이 죽어갔다. 그 애타던 아픔은 부모가 병든 자식 앞에 기도하는 마음만큼이나 간절했었다. 생명을 다하지 못하고 죽어가던 어린 묘를 뽑아내던 그 순간의 애석함은 오래도록 가슴이 아팠다.

우리나라에서 낙엽송 양묘를 처음으로 시도했다는 분은, 충북 청원군 강내면 비하리에 사시던 박종원朴鍾元씨라는 이야길 들은 적이 있다.

지금부터 50여 년 전 일제는 낙엽송이 조선에서는 양묘가 되지 않는다고 하여 일본에서 묘목을 가져왔고, 조선총독부 농림국朝鮮總督府 農林局에서는 식민지 정책으로 한국인은 양묘를 하는 것을 금지시키기도 했단다.

그러나 그분은 실패를 거듭했지만 굴하지 않고, 수년간의 노력 끝에 기어코 우리 땅에서도 양묘가 가능하다는 것을 일본 당국에 보여 주었다. 그러나 일본사람들은 그를 누구도 믿어주지 않았다. 그의 양모기술은 일본에서 길러온 묘목이나 다를 바가 없었다. 이 성공의 기쁨은 오직 그분만의 것이 아닌 우리들의 것이었다.

일본인들에게 짓밟히는 것만 해도 서러움에 찬 분노인데, 더군다나 식물마저 저의 나라에서 키운 나무만이래야 심을 수 있다는 이론이 어디에 있단 말인가.

한국인이 굴욕당하고, 산은 혈맥을 끊기고, 자연은 송두리째 베어지고, 슬픔에 찬 이 민족은 가난에 떨고, 배고파 허덕여 풀뿌리마저 캐어 먹으면서도 독을 품던 앙갚음은 여기도 있었다.

학계의 권위였던 수원고농水原高農, 현재 서울대학교 농과대학 우에끼植木박사가 현지를 확인하여 학계에 발표됨에 여러 가지 어려움도 뒤따랐지만 끝내는 일본에서 생산된 묘목 수급을 폐지하였다. 그 후 지방산의 자급자족을 시달하게 됨에 우리의 금수강산에서 자란 낙엽송에서 종자를 채취하여다 양묘를 하게 되었으니 일제의 산림행정을 바꾸어 놓은 일이기도 하다.

우리 민족은 일본인에게 졌었지만, 낙엽송만은 일본인을 이겨냈다. 지금도 어느 산천에는 그때 심겨진 나무가 자라고 있을 것이다. 아니 한 아름이 넘는 그 낙엽송이 충북대학교 구내에도 남아 있다. 당시에 묘포장에서 풀은 뽑고 물을 주며 묘목을 길러내던 고희가 넘는 분들의 이야기는 아직도 귓전을 울린다.

대동아전쟁 당시 결전조림決戰造林이라 하여 산림사업에 종사하는 사람은 결전용사로 취급하므로 이때 징용徵用 가게 되는 것을 면제하여 주었었다고 한다. 그리하여 충북이 제일 먼저 이 혜택을 받게 됨에 많은 사람들은 징용에 끌려가지 않으려고 양묘장으로 몰려와, 묘포장은 묘목을 길러내는 양묘장인지 사람의 포장인지 분간할 수가 없었다고 한다. 당시 묘포장을 순방왔던 일본순사에게 사람의 포장으로 보이게 하여 호랑이 같던 순사를 한때 웃기게 했던 시절도 있었다고 말들 한다.

낙엽송은 종자 결실의 풍흉이 심한 나무로 알려져 있다. 어릴 때는 음수陰樹로 그늘을 좋아하지만 점점 자라면서 햇빛을 좋아하는 양수陽樹로 변한다. 다른 나무들에 비하여 수분을 좋아하는 편이다. 낙엽송을 일명 잎갈나무라고도 부르며 두 종류로 나누고 있다. 잎갈나무는 강원도 이북에서 자라며 열매의 인편鱗片이 뒤로 제껴지지 않는다. 일본잎갈나무는 인편이 뒤로 제껴진다. 우리나라의 자생종과 일본잎갈나무와 수종 식별로 구분하여 아는 방법이다.

산림청은 산림녹화 십개년계획 이후 경제림조성 수종으로 낙엽송 나무를 그동안 많이 심었다. 낙엽송은 아름드리로 곧게 자라고 있어 한때는 전봇대로 많이 이용되어 오기도 했다. 그러나 시멘트가 공급되면서부터는 전주로 사용되지 않았다. 낙엽송은 그동안 국가산업 발전에 많은 공헌을 한 나무이기도 하다.

나는 낙엽송을 바라보며 우리 민족의 슬픔을 들으면서 어린 시절을 돌아본다. 오늘도 외롭고 쓸쓸할 때면 낙엽송 숲속을 한없이 걷고 싶다.

전나무

전나무 암꽃

전나무 수꽃

전나무 수꽃과 암꽃

전나무 열매

●●● 지구상에는 수백 종의 수목들이 자라고 있지만 저마다의 생태적인 특성을 지니고 있다. 습지에서도 삶을 버티는 나무가 있는가 하면 사막 같은 건조지에서도 목마르게 사는 나무가 있다. 그런가 하면 추위에 떨면서 견디는 나무도 있다. 씩씩하고 밝게만 살아가려 노력하는 사람들처럼 전나무가 높은 산에서 추위에서도 그렇게 산다.

전나무의 모습은 짜증스럽지가 않다. 언제 보아도 늠름하고 넉넉해 보인다. 하늘을 찌를 듯 곧게 뻗어 있는 우람한 줄기를 바라보고 있노라면 웅장하여 자신도 모르게 안아보고 싶어진다. 의젓한 청년의 딱 바라진 가슴이기라도 한 듯 미덥게만 느껴진다. 밋

밋하고도 흠집 없이 곧게 자란 아름드리나무를 대하게 되면, 부잣집 대문 안을 들여다보는 마음처럼 흐뭇하기만 하다. 아래로 처지는 듯하면서도 사방을 균형 있게 죽죽 뻗어 나간 가지는 은근히 마음을 끌어들이기도 한다.

심산 구곡으로 청아하니 자란 푸르름을 자랑이라도 하듯 조용히 서 있는 나무. 수많은 세월을 안고 묵묵히 아름 벌도록 연륜을 늘여 온 나무 앞에 서면 헤프게 살아온 지난날의 시간들이 부끄럽기만 하다.

선조들은 우람한 나무를 대하면 신성시하여 신으로 모셔 왔지만, 오늘의 우리들은 나무를 베어다 돈으로 만드는 생각뿐이다. 그러나 훗날의 사람들은 어떤 생각들을 할까.

전나무 숲을 걸으면 노인은 자기가 살아온 지난날의 인생을 떠올릴 테고 젊은이들은 연인과 함께 사랑의 언약을 하고 싶겠지. 어린이들은 전나무 같은 사람이 되고 싶어 할거야.

식물학자는 나무의 생활사를 추정하고 싶어질 테고, 임업인은 수형목秀型木으로 지정하여 종자를 받아다 파종을 하고 싶겠지. 화가는 한 폭의 그림으로 남길게고 건축가는 아름다운 건물을 만들거야. 나는 이런 생각들을 하며 웅장하게 자란 전나무를 바라보고 있노라니 기가 질려갔다.

골고다의 언덕에서 마지막 십자가에 못 박힌 그리스도, 그때 만들어진 십자가의 널판은 전나무이었다고 한다. 이런 연유에서 인지는 모르지만, 그 후 교회의 내부에 십자가를 전나무로 만들어놓는다는 것이다. 또한, 유럽 지방에서는 크리스마스 때는 전나무에다 크리스마스트리를 만드는 것이 하나의 관습처럼 되어 있다는 이야기를 들은 적이 있다.

이제는 우리나라에서도 정성스럽게 길러놓은 6,7년생의 귀엽게 자란 전나무들을 화분에 담아 크리스마스트리로 만든다. 그러나 크리스마스가 지나면 헌신짝처럼 버림받은 채 죽어가는 전나무를 대하게 되면 너무도 안타깝다. 우리는 서구의 문화를 받아들여 오면서 모든 일을 쉽게 생각하기도 하고 매사를 대수롭지 않게 여겨 버리는 일이 허다하다.

그러나 전나무만은 그렇게 물들지 않는다.

구중 심산에서 청청하니 살아가는 모습이야말로 과거시험을 준비하며 때를 기다리는 대쪽같은 선비 같기만 하다.

언제인가 독일에서 있었던 이야기라 한다. 세 젊은이가 여행을 떠난 적이 있었다. 가다 보니 아름다운 숲이 있어 그 숲속을 가고 있자니 산책을 나온 아리따운 아가씨가 있었다. 세 젊은이는 푸른 전나무 숲속을 걸어가는 아가씨의 아리따운 모습에 그만 모두 반해버리고 말았다.

세 젊은이는 아가씨의 아름다운 모습을 그리며 서운한 마음을 안은 채 손에다 들려준 전나무가지를 들고 길을 가고 있었다. 그렇지만 안타까운 마음은 잠시뿐이었다. 세 사람은 여행을 하는 도중 얼마 가지 않아 전나무가지를 버리고 말았다. 그러나 그 중의 한 사람만은 그 아가씨의 아름다움을 못 잊어 전나무가지를 버리지 아니하고 소중히 여기며 들고 갔다.

어느 만큼 가고 있을 때였다. 그런데 뜻밖에도 젊은이가 들고 있던 전나무가지가 황금으로 변하여 있었다. 그 황금 전나무를 본 두 젊은이는 그제서야 후회를 하며 전나무가지를 버린 곳으로 달려가 보았지만 보이지가 않았다. 아직도 독일에 있는 노이엔불크의 숲속에는 밤이 되면 전나무가지를 찾고 있는 두 젊은이의 모습을 볼 수 있다고 한다.

예로부터 전나무는 행운의 나무로 전하여져 오고 있다. 이같은 전설 때문인지는 모르겠지만 사람들은 전나무로 지은 집에 살고 싶어들 한다. 그러나 나는 전나무로 지은 집에 살기보다는 전나무 같은 인생을 살고 싶은 생각뿐이다.

대왕송

대왕송

청주 강내초등학교
대왕송

●●● 사람이 살아가는 중에 제일 부러우면서도 두렵고도 무서운 단어가 있다. 그 용어는 군주국에서 나라를 다스리는 최고 통치자인 임금님인 왕일 것이다. 동물의 집단에서도 왕으로 대왕, 나랏님이다. 식물사회에서는 그 명칭을 사람들이 만들어 특별하게 붙여주었다. 훌륭하고 뛰어난 임금을 높여 이르는 말이다. 일정한 분야나 범위 안에서 일인자一人者 가운데에서도 제일이라는 뜻이다 즉, 대왕은 왕 중에서도 왕이라는 왕중왕王中王의 의미이다.

충북 괴산군 청천면 삼송2리에 일명, 왕소나무王松가 있었다. 천연기념물 290호로 지정된 소나무는 높이 12.5m, 수간 둘레 4.7m에 이르고 수령은 600여년의 노거수였다. 밑 둥치에서부터 줄기의 가지 끝까지 나선형으로 배배 돌면서 소용돌이치듯 올라간 줄기가 마치 용이 하늘로 꿈틀거리며 올라가는 모습 같다고 해서 용송龍松이라고도 불리었다.

그러나 안타깝게도 2012년 8월 28일 태풍 볼라벤의 강풍을 이기지 못하고 쓰러졌다. 왕소나무는 태풍의 강한 바람에 뿌리가 통째로 뽑히고 가지가 부러지면서 그 운명을 다하고 말았다.

대왕송*Pinus palustris* Mill.은 소나무 중에서도 잎이 가장 길다고 해서 붙여진 이름이다. 보통 소나무 잎의 길이보다 네다섯 배 정도 더 길다. 그러니까 침엽수 중에서는 잎이 가장 길고 크다 하여 대왕송이다.

대왕송 하면 잘못 이해하는 경우가 종종 있다. 우리나라의 기존 소나무 중에서 수백 년 묵은 나무를 가르치는 것으로 알기도 한다. 어느 마을에서는 왕소나무, 대왕송이라고 하여 도입導入 수종인 대왕송과 구분되지 않는 경우가 없지 않다.

대왕송은 외래수종이다. 우리나라에 최초로 도입된 것은 1925~1935년경으로 알려져 있다. 미국지역에 자생하는 나무이다. 천연 분포는 버지니아주 동남부로부터 플로리다주, 중남부와 텍사스주, 동남부의 낮은 지대에서 자라고 있는 침엽수다. 주로 많이 분포하고 있는 지역은 해안에서 군락을 이루고 있다.

대왕송의 특징은 긴 잎이 3개씩 묶여 나온다. 새순은 갈색이면서 옅은 회백색이 묻어나기도 한다. 솔방울도 소나무 솔방울보다 3배는 크다. 종자도 솔 씨보다 날개와 씨의 모형이 3배 정도는 더 크다. 이러니 대왕송이라는 이름을 얻을 수밖에 없다. 어린나무들은 긴 푸른 머리카락을 늘어트리고 서 있는 소녀의 모습이다. 외국의 아름다운 소녀처럼 느껴지기도 한다. 봄바람에 푸른 잎이 일렁일 때는 춤추는 모습 같기도 하다. 저녁노을이질 적에는 황금 노을빛에 반사되어 향수에 젖어 쓸쓸히 고향을 그리워하며 서 있는 이국의 소녀처럼 보인다.

나무의 생태로 보면 상록수이며, 바늘잎나무로 키가 큰 나무이다. 보통 나무의 높이는 15여 미터에서 25여 미터까지 이르게 자란다. 나무의 직경은 가슴 높이서 50cm에서 70cm 정도로 굵게 자란다. 우리나라의 금강송처럼 나무줄기가 통직하고 생장이 빠르나 수피는 붉지가 않아 곰솔 같다.

대왕송은 발아할 때의 고유한 특성은 어릴 적에는 풀 모양으로 자라는 기간을 지니고 있다. 종자에서 발아될 때 긴 잎이 나와 마치 풀이 자라는 것처럼 보인다. 어릴 적에는 약하나 발아하여 3년쯤 자라면 수고가 1m 정도로 키가 큰다. 생장력은 매우 강하나 추위에는 약하다.

30여 년 전의 경험이다. 조경학 실습용으로 5년생 대왕송을 대학교 교정에 바람막이가 되도록 건물 옆 정원에 심었다. 3년 동안을 겨울이면 짚으로 싸 주었다. 봄이면 녹색 빛으로 새순이 왕성하게 자랐다. 이만하면 잘 크겠지 하고 밑동 줄기를 싸매주지 않았더니 안타깝게도 잎이 노래지더니 살지 못하고 죽었다. 정성이 부족했던 탓이다. 그때의 소중한 나무를 살려내지 못한 아릿하고 찡한 마음은 아직도 가슴에 남아 있다.

청주 강내초등학교 교목은(1928년 식재) 개교와 함께 식재된 대왕송이 아름드리로 자라고 있다. 그 당시 이 나무를 어떻게 관리하여 키워 왔을까가 의문스럽다. 이 나무는 중부지역의 유일한 생태적 생장한계선의 나무이다. 이제는 기온이 올라가 중부지방에도 마음 놓고 심어도 생장이 가능하리라 추측은 된다. 그러나 조경수로 공원 정도에서 식재는 가능할지 몰라도 대대적으로 산지에 조림하는 것은 실패의 위험성을 배제하기는 어려울 것이다.

아무래도 대왕송은 외래종임에 환경상 조건이 잘 맞지 않음으로 조경수로 식재를 한다 해도 관리를 소홀히 하면 고사하기가 쉬울 것으로 짐작을 한다.

큰 화분에 심어 베란다에다 몇 년 동안 관리를 한다면 운치 있는 남다른 경관미를 바라볼 수 있으리라. 멋진 대왕송의 새로운 생동감 있는 감각의 매력을 좁은 공간에서도 느껴볼 수 있을 것이다.

대왕송은 도입 수종으로 나무가 흔치 않아 종자를 원예종묘상을 통하여 구입을 할 수밖에 없음이 아쉽다.

종자는 봄날에 파종한다. 방법은 씨앗을 습윤하고 깨끗한 모래에다 한 달 정도 묻어두었다가 씨를 뿌린다. 씨를 뿌리고 난 후, 흙을 얇게 덮어 주고 건조하지 않게 하여준다. 파종하면 보통

대왕송 씨

3주면 발아가 된다. 이 수종은 풀처럼 자라는 기질이 있어 지상부 줄기의 직경 생장 발달이 빈약하다. 반면, 뿌리의 생장은 곧게 자라는 근성으로 발달한다. 이듬해 봄에는 캐서 곧게 자라는 뿌리를 잘라 측근이 잘 발달하게 하여주는 것이 좋다.

대왕송은 자랄 때 새순은 기운차고 잎이 길게 늘어져 수형이 매력적일 뿐만 아니라 상록침엽수의 특성으로 이국적인 관상의 가치가 높은 나무이다. 사람들도 누구나 나무처럼 특징있게 존경받으며 살고 싶어 하지만 어찌 뜻대로 그리 쉬운 일이던가.

침엽수가 부르는 노래

●●● 바람꽃이 이는 사월이 오면, 침엽수들은 치장을 하고 사랑을 속삭일 총각을 기다린다.

행여나 지나칠까 봐 가슴 조이며 아무도 모르게 푸른 잎 사이에 숨어서 애간장을 태운다. 꽃이야 예쁘건 밉건 따질 것 없건만 속절없이 짝을 기다리지만, 봄날이 간다.

오월이 오면 침엽수들은 꽃도 꽃이련만 푸른 잎이 이리도 고운가. 속잎이 피어나는 연두색 푸른빛이 봄 햇살에 눈 부시도록 아름답다. 잎도 잎 나름이련만, 어이 이렇게도 푸르단 말인가. 언젠가 한 번쯤은 변할 법도 한데 사시사철 청청한 구상나무, 전나무, 주목이 그렇고, 소나무, 잣나무, 비자나무, 가문비가 푸른 숲을 이루니 어찌 고고하지 않은가.

침엽수들은 바람을 사랑한다. 바람은 나무의 언어를 듣고 있다가 봄이 오면 나무와 나무를 알게 모르게 중매를 한다. 다른 식물들은 대부분이 충매화이건만 침엽수들만은 무슨 연유로 풍매화란 말인가.

어느 봄날이었다. 구상나무, 전나무가 탑처럼 쌓아 올린 듯, 피워낸 암꽃의 신비로움을 처음으로 발견했다. 내 나이 일흔이 되어서야 몇 해 전에 처음 보았을 때, 감동에 사로잡혀 보고 또 보아도 이내 발길이 쉽게 돌려 지지가 않았다. 어떻게 이리도 꿀벌 집같이 섬세하고도 세밀하게 균형을 이룬 빗살문처럼 교묘하게 만들어 내었을까. 화려한 빛깔은 아니나 이름난 예술가의 솜씨로는 감히 흉내 낼 수가 없을 듯싶다. 이는 분명 미의 극치다. 이 나무들이야말로 숭고한 문화적 예술을 연년이 전시를 하고 있다고나 할까. 이 아름다운 암꽃의 비밀을 누가 어떻게 분석한단 말이냐.

숲만 바라볼 줄 알았지, 한 그루 한 그루 세심하게 관찰을 하지 않은 채 주마간산 격으로 살아왔음을 뒤늦게 깨닫게 되었다.

가을이 되면 나무도 숙연해 보인다. 산길을 걸으면 저녁노을에 불타는 듯 활엽수의 황홀함보다는 묵묵히 자신의 지조를 지키는 푸른 모습은 바라보는 것만으로도 마음이 차분해진다.

소나무, 잣나무, 섬잣나무는 송홧가루 날리는 윤사월이 아니어도 봄날은 어이 두고, 어린 열매 맺어놓고 또 한해를 넘겨 이듬해 가을에 익는 솔방울, 잣송이는 어떤 이유에서던가.

잣나무 가지를 잡고 겸손한 마음으로 묻고 또 묻고 싶다.

그러나 구상나무, 전나무는 수정이 되면 당년에 열매를 맺어 결실을 한다. 식물 세계는 끝없는 연구의 대상으로 우리에게 고민을 남기고 있다. 그뿐이 아니다. 겨울이면 삼사십도 영하의 눈과 바람에도 죽은 듯 서 있다가 봄이면 다시 살아나는 신비의 생명을 어떻게 표현할 수 있을까. 설악산 대청봉의 눈잣나무로부터 고통을 이겨내고 꽃을 피우는 비밀을 간절히 듣고 싶다.

나무도 거목이 되면 웅장하게 보여 한 번 더 쳐다보게 된다. 열매도 많이 맺으면 내 것이 아니어도 흐뭇하게 느껴진다. 성림이 된 나무가 풍성한 결실을 맺고 있는 모습을 바라보는 순간은 사람들의 마음과 생각은 서로가 같으리라. 나무의 삶이나 우리 인생이 살아가는 방법과 무엇이 다르랴.

자연은 게을리 살지 않는다.

인간이 살아가는 군거화일群居和一를 지켜나가듯, 침엽수는 스스로 그러하다. 활엽수들이 살아가기 어려운 건조하고, 척박한 곳이나 높은 산에서 한파를 이겨내고 버티며 생존해간다. 한라산의 비자나무림, 구상나무림, 소백산의 주목군락, 설악산의 눈잣나무숲이 살아가는 법을 가르쳐주고 있으나 나는 그 깊은 의미를 깨닫지 못하였다. 활엽수 옹이는 쉬 썩어도 침엽수 옹이는 쉽게 썩지 않는다는 것도 왜 모르고 살아왔던가. 사람도 고행을 모르고 편히 살아온 이는 어려움이 닥쳤을 때 이겨내지 못하고 좌절하기가 쉽다.

인간은 자연을 거스르지만 자연은 하늘을 거스르지 않는다. 그러므로 나무는 천년을 살아갈 수가 있고, 죽어서도 썩지 않고 천년을 지탱할 수 있다.

구상나무는 세계적인 한국특산 식물이지만 귀하게 여길 줄을 몰랐다. 귀티가 나는 빗살무늬로 자라는 은빛 기공선을 배경으로 곧게 자라는 모습이 자랑스럽다.

울릉도를 지키는 향나무는 죽어서도 그 본성을 잃지 않고 향내를 지닌다. 솔송나무는 자신을 드러내지 않고 있어도 그 희귀의 숭고한 아름다움이 귀하다는 걸 알고 있어 돌보게 된다. 어찌 나무마다 귀하지 않은 이름이 없을까만 소나무에 대한 정은 바로 우리의 문화가 깃들어서 친근감이 더한가 보다.

소나무 나뭇가지에 매달린 솔방울을 바라본다. 꽉꽉 닫혀있던 인편들이 열려있다. 씨앗이 앙증맞게 생겼다. 작은 씨앗에다 어떻게 날개를 다는 것을 생각하였을까. 씨앗을 보다 멀리 바람에 날려 보내고 싶어서였나 보다. 자연의 이치가 참으로 비밀스럽고도 놀랍다.

나도 이 가을엘랑 푸른 소나무의 기상으로 노래하다, 세월이 가고 나면 낙목한천落木寒天 겨울 산자락에 외롭게 서 있는 노송이고 싶다.

소나무 솔방울

주목朱木

주목

주목 암꽃

주목 수꽃

주목열매

●●● 사람이 무엇인가 배우고 깨닫는 일은 경험에서 이뤄진다. 귀로 듣고, 눈으로 보고도 느끼고 알게 된다. 그러나 이는 실제 자기가 체험으로 익힌 배움만은 못하다.

전에 종자로부터의 얻은 경험이다. 그동안 씨앗을 뿌리면 한두 달이 지나면 모두 새싹이 올라왔다. 그때마다 종자의 소중함을 새롭게 느끼고는 하였다. 어떤 수종은 발아율에 따라 밭고랑 두둑에 여기저기서 드문드문 자라는가 하면 소나무, 낙엽송, 자작나무 같은 씨앗은 너무 발아가 잘되어 오히려 싹을 솎아내야 하는 번거로움도 있었다. 주목 종자는 씨앗을 구하지 못해 파종 경험이 없었다.

1970년대다. 이 당시만 해도 주목은 희귀하여 나무 구경조차도 못하였다. 마침 월악산에 사는 노완성이라는 주민이 가을에 주목 나무 종자를 소백산에서 따왔다며 팔아 달라고 요청이 왔다. 학교에서 사겠다고 하여 그는 늦은 가을에 씨앗을 가지고 왔다. 동글동글하고 녹두알 만한 크기로 벚나무 씨보다도 작아 보였다. 한 말 남짓한 종자를 사서 노천매장을 하였다가 이듬해 봄에 뿌렸으나 전연 새싹이 올라 오지를 않았다. 참지를 못하고 안달이나 여러 번 흙속에 파묻힌 씨앗을 캐서 확인하였으나 발아할 기미가 없다. 또 한해가 지나서야 겨우 드문드문 새싹이 돋아 올라오기 시작하였다.

주목 나무를 보면 늘, 그때가 생각이 난다. 주목 씨는 나에게 이렇게 들려주었다.

"아직 시기가 되지 않았다. 더 참고 기다려라."

나의 성급한 마음을 다독이며 또 한 해를 넘기던 그런 젊었던 지난날이 어렴풋이 기억날 때가 있다.

주목 나무는 묘포장에서 날이 갈수록 푸르름을 자랑하며 더디지만 멋지게 자랐다. 해마다 식목일이 되면, 너도나도 한 그루씩 나누어가고, 학교정원에도 심어졌다. 때로는 탐을 낸 사람들은 몰래 나무를 캐가기도 하였다.

이렇게 자란 주목 나무는 어느덧 15년쯤 자랐을 무렵이다. 우연히 정원을 지나다 나무에서 빨간 열매가 눈에 보였다. 앵두 크기만 한 동글동글한 열매가 작은 구멍이 나 있었다. 벌레가 파먹다 말았나 하고 생각했다. 그 옆에 달린 열매도 비슷하였다. 구멍 속을 들여다보니 씨가 들어있었다. 참으로 신기했다. 씨는 과육으로 쌓여 발그레한 살결처럼 보들보들하면서도 탱글탱글하여 먹어보니 달착지근한 감미로움을 느꼈다. 어쩌면 사람이나 새들에 의해 번식시키기 위한 하나의 방법으로 식물이 숨기고 있는 비법인지도 모르겠다.

어느덧 그 세월이 50년을 흘러 곳곳에 심겨진 나무들은 가을이면 붉은 열매가 매달려 있다. 이 열매는 누군가의 손에 의하여 채취되고 또 파종되어 아들나무로 크다가, 또다시 세월이 흘러 열매를 맺어 그 씨는 땅에 뿌려졌다가 손자나무로 의젓하게 그 어딘가에서 자라고 있으리라.

주목은 백두대간의 준령 소백산 정상에서 수백 년의 세월을 보내며 종족을 보존해 온 그 세월이 얼마인가. 여름이면 가뭄으로 목마름에 애간장이 타고, 겨울이면 폭설에 파묻히고 한파에 시달리며 살아오기를 그 몇 해이며, 수 없는 산불에 생명을 잃을 뻔하였던 일이 몇 번이던가. 이토록 애간장을 태우며 살아온 그 마음이 밖으로 드러나 줄기가 붉던가. 소백산 정상에 군락을 이루고 있는 장엄함이 어찌 자랑스럽지 않겠는가. 살아서 천년 죽어서도 천년을 산다는 주목. 어찌 너만은 줄기가 붉다더냐. 겉도 속도 붉으니 네 이름 주목이 맞는구나.

이 나무는 암수가 따로 있다. 꽃이 피어도 눈에 잘 보이지 않아 관심이 없으면 알아보기가 어렵다. 가을이 되어야 붉게 익는 열매를 보고 그제야 암수 구별이 가능하다. 열매는 독이 있다 하여 잘 따먹지를 않는다. 새들도 어느 정도 기간이 지난 뒤에야 따먹는 것 같다.

회솔나무

씨를 감싸고 있는 붉은 과육은 열매의 끝이 옴폭하게 파여 있어 씨가 보이는 게 특징이다. 울릉도에서 자라는 주목을 어느 식물학자는 회솔나무로 분류를 하고 있다. 이십여 년 전에 울릉도 나리분지에서 처음 만났던 회솔나무는 나름대로 잎이 약간 넓은 듯 주목보다는 커 보였다. 익은 열매는 동글납작하고 말랑말랑하며 오목하게 파인 사이로 씨의 일부가 겉으로 뾰족하게 삐져나와 마치 팽이의 모습 같기도 하였다. 과육을 손으로 으깨보면 미끈미끈하나 굳으면 딱풀 같은 끈적끈적한 느낌이었다. 주목은 씨가 거의 과육 구멍 밖으로 나오지 않지만, 반대로 회솔나무는 구멍으로 씨끝이 뭉탁한 송곳처럼 뾰족하게 튀어나와 있었다. 주목과 회솔나무를 식별하는데 차이점이 될지도 모르겠다.

1990년 경이었다. 미국으로 연수를 떠난 약학과 노교수로부터 전화가 왔다. 우리 대학에도 탁솔나무가 있느냐고 묻는다. 미국에는 이나무에서 택솔(taxol)성분을 추출하여 항암연구 중이라며 주목을 많이 심었으면 좋겠다고 알려주었다. 당시 산림청 임목육종연구소에서는 주목 씨눈에는 항암 성분이 나무보다도 10배 이상이 함유되어 있다고 발표하여 금세 암에 대한 제약생산에 크게 기대를 걸기도 하였었다.

침엽수의 암꽃은 대부분 구과毬果 열매로 솔방울이나 잣송이처럼 연한 목질의 비늘 조각으로 여러 겹 포개어져 둥글거나 타원형을 이루고 있다. 주목의 암꽃은 비늘잎이 겹겹이 싸여 있는 끝의 조직에 수분 액이 방울져 맺혀있다. 아마도 수꽃가루가 바람에 날려 암꽃에 붙어 가루받이가 잘 이뤄지게 하는 방법임이 틀림없다. 관심 있게 눈여겨 살피지 않으면 보이지가 않는다.

나무의 번식방법은 씨앗만이 아니다. 무성생식 방법으로 어린

가지를 잘라 삽목을 하기도 한다. 조림학 실습시간에 주목을 삽목하여 키운 나무들은 곧게 자라지 않고 옆으로만 번으며 크고 있었다. 정수리에 가까운 줄기 부분의 가지를 삽수로 채취한 삽목묘는 그래도 곧게 자라는 편이었다. 삽목 경험을 통하여 나무의 생태적 특성을 조금은 알게 되었다.

주목은 향기 또한 은은하면서도 깊은 위엄이 있다. 나무 향기는 사람의 마음을 편안하게 하여 주는 마력이 있다. 예로부터 신을 모실 때는 경건함으로 향기를 지닌 나무를 태워 주변을 신선하게 하였다 한다. 주목은 이토록 소중한 나무로 수명이 긴 장수목으로 고승들은 지팡이를 만들어 짚고 다녔다고도 한다.

소백산의 주목 군락지, 태백산의 정상에서 울퉁불퉁한 장년의 근육질 같은 몸집은 수백 수천 년의 생명을 이어온 거룩함에 나무를 끌어안고 교감하는 순간은 자연으로부터 사랑받는 이 기쁨을 어디에 가서 느껴보랴.

겨울이면 생각나는 얼굴

소나무

●●● 창밖에는 희끗희끗 눈발이 날리고 있었다. 마침 크리스마스이브이기도 하지만 나에게 찾아온 사람이 있었다.

내가 근무하고 있는 직장에는 학생실습림인 월악산이 있어 2400정보나 되는 그 산을 관리하고 있을 때였다. 그 산에는 많은 화전민들이 살고 있었으므로 산화나 도벌 사건이 간간이 일어났었다. 그중 충북과 경북 경계인 깊은 산 속에 세 집이 살고 있었는데, 이 들은 모두 종교인들도 있었다. 이곳은 관리소와 삼십 리나 넘게 떨어져 있었고, 또한 산중에는 인가도 없는 험한 산길인지라 순산巡山을 자주 하지 못하였다. 늘 그곳에 사는 화전민인 정씨라는 분에게 부탁을 하여 간접적인 협조를 받아왔었다. 그런데 믿었던 도끼에 발등을 찍힌다고 정씨가 그렇게 변할 줄이야….

그 전해에는 심한 가뭄으로 농사를 실패하는 바람에 살길이 막막하여 하는 수 없이 정씨는 도벌을 하였다. 아름드리 소나무를 2차가 넘게 베어 놓은 것을 마침 순산을 하다 발견하여 입건을 하게 되었다. 문경 쪽으로 도벌목을 실어내고자 계획을 하였던 모양이다.

정씨는 청원경찰에 의해 수갑에 채여 산속의 삼십 리 길을 애처롭게 내려오며 수없는 용서를 빌었다.

"밭을 갈래도 힘이 없고, 먹고 살래도 먹을 게 없어 나물과 풀

뿌리를 캐어다가 죽을 끓여 먹으며 여섯 식구가 죽지 못해 살아 왔시유. 참말 죽을죄를 졌시유. 한 번만 용서해 줘유."

농부가 굶어 죽어도 농사지을 씨앗은 베고 죽는다고 하지만, 이들에게는 봄에 뿌릴 씨앗마저 먹어버리게 되니 도둑질은 할 수 없고, 눈앞에 보이는 소나무를 베었던 것이다. 못 먹고, 못 입고 못 사는 화전민의 비참한 그의 검은 팔목에 채여 진 쇠고랑은 너무도 무거워 보였다. 청원경찰에게 끌려가는 그의 팔목에 매달려 몸부림치는 불쌍한 아내와 자식들의 모습을 바라보다 못해 말없이 눈물을 흘리면서 목이 메도록 꺼어꺽 울며 산비탈을 내려오던 정씨. 그들 가족의 울음소리는 고요한 산천을 산울림처럼 점점 멀어져 갔다. 그늘진 산기슭의 골짜기 음지에는 아직도 겨울 동안 쌓이고 쌓여 있던 흰 눈이 남아 있었으나 그래도 양지바른 바위틈에는 생강나무의 노란 꽃봉오리랑 진달래꽃의 붉은 꽃 망우리가 곱게 터지고 있었다. 오솔길을 내려오면서 법이 미운 것인지, 잘못을 저지른 정씨가 미운 것인지 나는 분간이 잘 가지 않았다. 이런 일이 있은 후, 까맣게 잊고 있던 그해 겨울이었다.

12월 24일 오후, 창밖에는 어젯밤부터 내리는 눈으로 온누리는 백설로 뒤덮여 있었다. 더군다나 크리스마스이브라 들떠 있는 마음을 가라앉히면서 연탄난로 가에 앉아 간간이 무심한 생각으로 창밖을 내다보고 있을 때였다. 노크 소리가 가볍게 들리며 살며시 문이 열리는 소리에 문 쪽으로 고개를 돌렸을 때다. 한쪽 옆구리에는 빨간 보퉁이를 끼고 남루한 옷차림에 머리털은 보기 싫지 않을 정도로 길어있는 초라한 모습이 좁은 문틈으로 빠져 들어오고 있었다. 나는 나도 모르게 의자에서 벌떡 일어나며 소스라치게 놀랐다. 아니 저 양반이….

"김 상감님, 저 만수골에 살던 정씨유, 지금 형무소에서 나오는 길이유."

나는 말을 잊고 아무런 대꾸도 않은 채 의자를 난로가로 끌어 자리를 마련하여 주었다. 나는 속으로 가슴이 덜컹 내려앉으며 심장이 두방망이질 하여 오기 시작했다. '나에게 어떤 보복을 하러 온 것이 아닐까' 하는 생각에 자신도 모르게 온몸이 점점 굳어졌고, 작은 사무실 안은 두려움의 침묵이 몰려왔다. 그러나 겉으로는 태연한 척, 그의 주름 잡힌 초라한 얼굴을 바라보았다. 그의 머리 위에 내렸던 흰 눈은 녹아 가는 물방울이 되어서 이마 위로 흐르고 있었다. 순간 지난봄 산천을 울리던, 그 가족들의 울음소리가 되살아나 눈물이 핑그르르 솟아올랐다.

"점심은 하셨어요?"

"예, 방금 먹고 오는 길이유."

그의 목소리는 차갑게 내린 눈 속 밑바닥에 깔려 흐르고 있는 물소리처럼 가늘게 떨리면서 무겁기만 하였다.

남루한 옷깃에는 가난의 세월들이 덕지덕지 달라붙은 실오라기들이 나불나불 일어나 그를 더욱 초라하게 만들었다. 그는 한동안 묵묵히 있더니 입을 열었다.

"김 상감님, 저는 형무소에서 많은 걸 배우고 왔어유."

"……."

나는 아무런 답변을 하지 않고 고개만 끄덕이며 희끗희끗한 그의 머리털이 외롭고 쓸쓸하게 살아온 그늘진 모습에 공연히 가슴이 뭉클하여 왔다. 가난하고 못 배워 많은 이들로부터 천대를 받으며 살아왔던 고향에 계신 아버지를 생각하게 했다. 보리죽을 끓여 먹고 배를 곯으면서도 못 배운 서러움에 자식에게만은 이 슬픔을 넘겨주지 않으시겠다고 이를 악물며 많은 피눈물을 흘리면서 이집 저집 찾아다니며 빚을 내어 손에다 들려주시던 등록금.

아버지는 학비를 마련키 위해서는 이보다 더 많은 슬픔을 지녔을 게고. 어느 때는 엄청난 비극의 공상에 잠을 이루지 못하시고 계셨을지도 모른다. 그럴 때는 사랑방에서 깜박이는 호롱불을 켜 놓으시고 다 꺼져 가는 화롯불을 다독이며 쓴 담배에 마음을 달래시던 때가 한두 번이 아니셨을 거다.

정씨는 굶어 죽지 않으려고, 그보다는 처자식들을 위해 도둑

질보다는 소나무를 베어다 파는 편이 마음의 죄를 덜 짓는 것으로 여겼을 것이다. 나는 자신도 모르게 조용히 한숨을 내쉬었다.

"김 상감님, 죽지 못해서 이렇게 찾아왔시유, 목구멍이 포도청이라고 이 한겨울 산속에 들어가 살수가 없을 것 같애유. 지가 이렇게 형무소에서 살다가 나오고 보니 아마 농사도 제대로 짓지도 못하였을 거고, 그러니 어린것들 하고 굶어 죽을 수는 없잖아유. 이렇게 찾아온 것은 다름이 아니라, 그때 베어 넘겨놓은 소나무가 썩어서 재목으로 사용하기가 어려울 테니 그걸 저에게 허락해 주시면 장작으로 만들어 문경 장에다 팔아 겨울만 살아갈 수 있게 하여 주신다면 그 은혜는 평생 잊지는 않겠시유."

그의 목소리는 더없이 측은하면서 가엾게 들려왔다. 순간, 못 배우고 가난하여 남의 앞에서 비참하게 살아왔을 나의 아버지를 더욱 연상케 하였다.

"정 주사님, 딱한 사정입니다만 그건 제 마음대로 답변을 드릴 수가 없네요. 잘못하다 보면 또 산림법에 저촉이 될 수 있습니다. 그러니 정 주사님이 알아서 처리하여 주십시오."

그는 알았다는 듯이 고개를 두어 번 끄덕이면서 쓸쓸히 자리에서 일어나며 "가난이 죄이네유, 그럼 안녕히 기계셔유"하고 정중히 고개를 숙이고는 문 밖으로 나갔다.

밖에는 무섭게 눈이 쏟아지고 있었다. 그는 눈 속에 파묻힌 듯 숲속의 나무 등걸인 듯 분간할 수 없을 만큼 멀어져 갔다. 나는 양복 주머니에 손을 넣어 보았을 때 나불나불 해어진 지폐 몇 장이 궁색하게 살아가고 있는 자신을 대변하여 주고 있었다. 그 이후 그는 나의 가슴속에 늘 살아남아 있었다.

내가 생활에 조금 여유가 생겨 그를 다시 찾았을 때, 정씨는 이미 세상을 등진 뒤였고, 그의 남은 가족들마저도 뿔뿔이 흩어져 찾을 길이 없었다. 이 겨울은 눈이라도 푸근히 내려준다면 그 월악산에서 정씨가 머물던 산골짜기라도 찾아가 보고 싶다.

소나무

침엽수 테마 수필집

시집가는 개비자나무

인　쇄 | 2021년 11월 03일
발　행 | 2021년 11월 15일

지은이 | 김홍은
펴낸이 | 노용제
펴낸곳 | 정은출판
등록번호 | 제2-4053호
주　소 | (04558) 서울시 중구 창경궁로 1길 29 (3층)
전　화 | 02-2272-8807
팩　스 | 02-2277-1350
이메일 | rossjw@hanmail.net
홈페이지 | www.je-boods.com

ISBN　978-89-5824-441-7

* 이 책은 충청북도, 충북문화재단의 후원을 받아 제작되었습니다.